问泉

胡海泉 著

人民文学出版社

■目录

序一　独享幽香 ／ 刘 欢

好久没有坐下来写点儿字了。

去年听说一个笑话，说是斯诺登透露的。

奥巴马责问中情局：监视了那么多中国的民间信息，有什么新发现？

答曰：没什么有价值的。

奥巴马奇怪：怎么会，中国的短信不是世界上最多的吗？

答曰：大部分都是荤段子。

那现在最时髦的微信呢？

答曰：大部分都是他们刚要吃的菜。

那微博里总有些东西吧？

答曰：80%是吐槽骂街。

时下没有微博、不玩微信的人早就out了，不会发短信的更是恐龙级的奇葩，但上面说的这一荤一吃一吐便是我们写字写得最多的方面了，想想真可悲。所谓文以载道只能让古人记着了，文以治国没咱们什么事儿，文以抒怀也显得有点儿装，文以何为呢？往坏里说，现在时常写出些字来也就是散记些生活点滴，到了老年痴呆的时候还能凭这些字想起点儿啥来，最损也能让我们还记得自己会写字。往好里说呢，看到一些美好的文字还是让人心胸舒达，能写出一些美好的文字更是可以独享一份幽香。

在这里，感谢海泉与我们分享，文以养心吧！

■序二　比歌唱更热烈 / 郭敬明

我认识海泉是在很多年前，这些年来见面的机会很少，偶尔联系，关键时刻泉哥总是对我支持帮忙。虽然接触的时间不多，但却有一种莫名的熟悉感。可能也是因为我和大众老百姓一样，经常在各种屏幕上看到他，觉得亲近。

我想很多人和我一样，都是习惯了他在舞台上热情昂扬的演唱，习惯了他在荧幕上的魅力四射，却没有想到，跃动的旋律背后，还藏着一颗诗意的心。

但仔细想想也对，一个擅长把生活里的点滴感悟谱写成歌的优秀音乐人，不管对于生活本身，还是对于文字，都会有他自己独到的理解。这是属于一个创作者最本质的东西，也是把创作者从芸芸众生中区分开来的东西。就像风从大地吹过，一个羊群里，永远只有几只，会抬起头看着风来的方向。

海泉的文字风格充满了想象力与鲜明的个人色彩，热忱、灵动、真实、梦幻，这些看似各自不沾边的语感在他笔下却被融为了一种特有的风格。

更让我觉得难得的是，这些文字没有仅仅停留在阅读的那一刻，阅读完成之后，书里的一些话会持续在脑中回绕那么一段时间。

我一直觉得透过文字要比对话能更直接地了解一个作者的心灵和想法，甚至比表演和歌唱更直接更强烈。

那么透过这本书，我想人们将认识一个卸去了明星光环，拥有清醒感悟，同时又保持着少年不羁的胡海泉。

01 在奔波中苦苦寻觅

没有留不下的城市，没有回不去的故乡，
我能去的和想去的，会变成同一个地方。

东非行记

漫长旅途

2002.2.14
午夜飞往曼谷的飞机上

离开，是为了发现。

越远的离开，是为了越多发现的归来。

之所以义无反顾地和黄征去东非的肯尼亚旅行，更多的原因应该是心中一直以来对于未知的向往，对于不可知的冒险经历的追求。远行给思考一个不固锁的空间，也给心灵一段不设防的时间。

想必此行不会一帆风顺，出行前本想戴上那串许久未戴的佛珠以求神明保佑，可最后还是换上了防水表，前卫而实用。看来，对神明还不够虔诚……

在情人节这一天出发，心里自然会痒痒地期待一番泰国的艳遇，哪怕只是一杯酒红色的陶醉也好，可惜抵达时将近后半夜，曼谷的过境之行可能只剩下午后闹市中的走马观花了。

许久不记刻心灵的深度与广度，人对于自我的理解自然会渐渐模糊。每天睡前的自问渐渐被省略，或者只有自问却不再整理答案。好久没在白纸上和自己聊天了，才发现另一个心底的自己已苦忍寂寞太久，久得生疏于表达。那么，希望这次远行也成为一次对另一个我的唤醒，让梦醒来，让哑口说话，让严肃的沉默轻松活跃起来。我不是一直坚信双重自我的功效吗？ OK！两个自我的对话将是放任思考的最佳方式。

情人节过后的午夜两点，飞机引擎的轰鸣中叠加着同行者的鼾声。人们的梦太多太多类似，梦的色彩太多太多雷同。类似与雷同没什么不好，只是缺少一点别致，稍欠一些刺激。而我，无畏地执着于另外的梦里……

2002.2.15
曼谷时间18：25　曼谷机场

从候机厅的巨大玻璃窗展望曼谷黄昏，超短的泰国过境之行结束在即。海湾航空的办票人员对持中国护照的我们很不客气，执意要我们托运又长又大的背囊，而我们要从曼谷飞转两个中东国家的首府马斯喀特和阿布扎比，最后才抵达终点内罗毕。一旦运气不好，转机时行李被遗落或运错，那么我们只有两手空空迷失于东非的街头

了。可海关态度强硬，只好屈从，于是大包被翻开，几叠现金和饮料饼干一起被塞进临时找来的洗衣袋里。我背起它，整个一个落魄的云游者，自觉脸上无光，也就不再东张西望，径直入了关，躲进这候机厅的角落里。

飞行将甚是漫长，在地球可爱地自转中，我们高速地向西、向西，向一片神秘的陆地飞去。在浓重英国口音的空姐轻声细语的问候中，我困倦得迫不及待要进入一片归属于西亚海湾的梦乡……

2002.2.15
阿布扎比时间凌晨3：25　内罗毕

二十四小时之内第三次升上三万五千英尺的高空。

机舱内肤色比我深或浅的朋友们几乎都深睡去了。此时北京应该是早上七点半了，依然沉浸于春节喜气当中的北京，想必也已经再次喧闹起来。我北京的朋友们都醒了吗？你们能体会此刻我正飞向非洲大陆的心情吗？

在阿联酋候机时还在和黄征讨论旅行的益处。这些益处是只属于向往旅行的旅行者的——做不停留的过客；铭记或忘却眼前变幻的风景；陌路人眼中熟识的温情；体会或忽略片刻掠过的心境；向往未知，善意关注一切与自身的不同……大多云游者之所谓"心无牵挂"，我想，一方面是因为无以为牵挂；另一方面，在游历的过程中，原在心中的那些牵挂渐渐恍惚淡然了……

我在如此高的天空，想俯望大地上沉睡或醒着的如蚂蚁般微小的人群，他们自分种族、自划地位地忙碌着。如果真有上帝，想必他也是个永在高空的云游者，才会将世事彻悟于心胸。信仰他的人们每天也在寻觅俯览人生的眼界，以求开启心门，心境明朗得不再为阴霾所动，那么爱也许是提升眼界与心境的最温柔而和谐的方式吧……而我也终会回到我牵挂或我被牵挂的生活中，因为，我也是一只有自己所属巢穴的小蚂蚁。

蚂蚁需要生活的智慧以求生存吗？有所谓生活的智慧就不用去背负米粒儿或分食虫尸吗？——我不知道，谁也不会知道，我宁愿主观判断蚂蚁也会有蚂蚁的生活智慧，而智慧所在终将让每只蚂蚁都大不相同！

我此次的旅行还并未真正开始，它将开始于几个小时以后，当我从内罗毕的城镇驶向无际的非洲原野开始。那里，正因为不太适合人类生存而人迹稀少，也因为人迹稀少，反倒成了人们寻求自我的最佳去处。我将会目睹什么、发现什么、抛弃什么呢？这得与失的猜测让我激动不已……

萨布鲁国家公园

美丽的萨布鲁
2002.2.17
内罗毕时间9：45

昨天抵达肯尼亚首都内罗毕，驱车六个小时直达此行的第一站萨布鲁国家保护区（Samburu National Reserve）。

一路走来，穿越颇富现代感的内罗毕市区，行经美丽的茶园、咖啡园、水果园，朴实的黑人朋友们骑着中国产的自行车来往于公路与田间，农业之于肯尼亚的重要，也就一目了然了。很多质朴的乡村景色，一如中国农村，只是远近的树木与山峦不再是我们熟悉的模样。远眺肯尼亚山，我们的司机兼向导依萨梅先生自豪地向我们介绍着这座非洲第二雄峰，它矗立在大片大片的黄色田野间，有如一个肯尼亚的老君王在慈祥地注目远道而来的我们。

路愈发难行，乡村景致亦愈显贫窘，经过了着装不一的持枪军人把守的检查站，我们才真正进入了一片蛮荒之地。依萨梅先生介绍说，向右方向是埃塞俄比亚，直行方向是索马里，我马上问起索马里现在是否已经太平，他无奈地摇了摇头。

旷野中颠簸了两个小时，抵达了"世外桃源"——萨布鲁乡间别墅（Samburu Lodge）。"世外桃源"是我自发的称谓，在如此蛮荒之地竟会有这么精致的花园别墅！在原始木结构的小屋内，全然一番四星级酒店的服务配置，在绝对自然的气氛中，让我们依然舒爽地享受着

现代化的服务。我们住的小别墅前，一群黑头黑脑的小猴子在玩耍觅食。从未与野生动物距离如此之近，而它们似乎早已习惯了混迹在人类旁边，彼此相安无事。

外出观察到天黑才归来——大象、野牛、长颈鹿、羚羊、鳄鱼、大小鸟类……一一被我摄入镜头。特别是几只河边休憩的母狮，与人类的车辆和闪光灯仅几米之遥却显得若无其事。依萨梅先生解释，它们不怕人类，习惯了与人类的对峙。但你若从车中走出，很可能马上遭到它们的攻击。这是多么奇特的一种生态关系，从它们出生开始就面对着人类近距离的"骚扰"。想必，它们对这个与自己食物链无甚关系的种群已经有了与祖先不同的了解和认同。

野地中到处可见倒在一旁的死树，多半是被象群推倒后吃剩的残干。大象们好浪费，不过被象群粪便滋养的白蚁堆却处处可见，这一堆堆布满孔洞的"白蚁之家"是由千千万万只白蚁以十年为计算单位建筑起来的，多么庞大的工程呵！这就是蚂蚁们的金字塔，这就是蚂蚁们的万里长城……

探访萨布鲁人村落
2002.2.17
内罗毕时间 10：30—12：00

　　萨布鲁村落，简陋原始。它们静静地坐落于东非的原野中，用似乎和野兽相同的目光注视着其他人类群落的文明。其中，最开化的族人也学会了以自己的野蛮特色为魅力吸引旅行者们的目光，把自己的村落收拾得颇为体面，在栅栏内不大的方寸之地也开辟出一片小小的售货场，兜售自制的工艺品和生活用具。

　　旅游业的收入渐渐成为他们唯一的生活来源。猎手们被告知不可以再在家族附近狩猎。我们付给了村落里会讲英语的"开化朋友"6000先令，依萨梅先生介绍说这些钱将用于他们改建村落以及购买医疗用品。

　　放手让其他文明来救助和扼杀自己的文明，有一点无奈，需要一些婉转的智慧，更要有一种牺牲精神。看，一座教授几种语言（主要是英语）的小学校正在建设中，若干年后，村落中可以用英语同来访者交流的人将不再像今天这样寥寥无几。那时，这个村落将真正变成一个旅游景点。原始的艺术，古老的歌谣，延续千百年的取火方式将以表演的形式彻底成为对其他"先进文明"的应和。将自己的生存状态演化为刻意的表演，在极度的困窘中如此地失去文明尊严，我想这并算不上令人悲悯，何况，文明与文明之间也无需从比较中获取尊严，不同的文明终将在看似冲突的融合中获得人类整体的尊严。想到这里，在临别时，我真心对懂英文的向导说了一声："Good Luck，Samburu！"

关于回归
2002.2.17
内罗毕时间 15：00

　　中午美餐一顿后，我躺在萨布鲁乡间别墅漂亮的泳池边、树荫下的木椅上，二十米外，几个萨布鲁男孩在用掌声相和，齐唱萨布鲁民歌，和我们上午探访萨布鲁村落时听到的相似——深沉的男声齐颂，似说似唱，旋律转合沉稳而流畅，齐声吟颂中不时有独唱（solo）和念白（rap）穿插。

　　我并未下水畅游，脑中向往着几天后蒙巴萨（肯尼亚海边城市）的蓝天碧水，向往着印度洋的潮水拍打我的胸腔……

　　萨布鲁乡间别墅俨然一处欧美老年休闲站，很少见年轻人结伴来此地观光和疗养。很多老人可能早已游遍了世界各地（不少人交谈中告诉我，曾到过北京），最后才来到非洲，来到荒蛮的野生乐园，回归朴素的大自然。我不禁心存一种幼稚的疑惑——回归自然一定要游历过各种繁华后才会成为心灵的需要吗？而回归自然又一定要来到传说中的蛮荒大陆吗？

　　远行，是为了心灵的回归。心灵远行将让人失落自我。远游体察别人的生活方式，旁观他们的生存状态，可能是人从外界的变幻寻求心灵回归的较好方法。哪怕不加思考，只是走走看看，也会让心灵沉静，从众多喧闹的野心和欲望中回归自然，回归本我。

　　既然，我终将从此地回归市井，那么带一颗归属于大自然的心灵回归，将是带给身边朋友的最好礼物，也将是我享受市井繁华时最大的双重幸福。

纳库鲁湖国家公园

2月18日，经过近六小时的颠簸，我们到达纳库鲁湖国家公园（Lake Nakuru National Park），入住纳库鲁湖乡间别墅（Nakuru Lake Lodge）。别墅群依山坡建在可以远眺纳库鲁湖国家公园和纳库鲁湖面的高地上，人们尽可以在晚餐时一览纳库鲁一带延绵的山色，远望纳库鲁湖边栖宿的火烈鸟群所织成的粉红色的长长绸带。

纳库鲁景观，与几天前到过的萨布鲁国家公园很不相同。它的美，即使没有珍贵野生动物的出没也同样会摄人心魂——坦荡的山坡从不同的角度重叠成几片深浅不一的绿色，大片的浅绿的草甸中不规则地点缀着一簇簇浓绿的树林。我猜，这样大手笔的景观，由同样大手笔的写意中国画来渲染是再合适不过了。

风坦荡地从远方的湖面吹拂过来，扫得远处的高草丛沙沙作响，扫得身后高树上的枝叶翻动声如海浪拍岸，多么喧嚣的宁静！不远处石堆上站立着一只成年狒狒，它在那儿一丝不动，好似也受了这拂风的鼓动，欣赏起纳库鲁天边微醉般暗红的晚霞。

纳库鲁湖火烈鸟
2002.2.18
下午

世上如此喜欢或者说如此能忍耐拥挤嘈杂的动物，我想除了人类之外就是我眼前的它们了。

　　几百万只湖边栖息的火烈鸟，或静或动，或起或降，或吟或鸣，粉红色的身躯更像一簇簇火苗连片点燃了整个纳库鲁湖的沿岸。霎时，我惊叹的表情被由几百万只生灵混合起来的躁动气息蒸发掉了，我已不存在了，或者说我也成了它们中的一员。唱吧！跳吧！飞吧！尽情享受由于自己的渺小而爆发出来的无拘无束的自由！

纳库鲁黄昏

静观纳库鲁山与山，山与水，水与水，水与草原的对峙。

由于对峙的时间过于久远，于是，变成了不变的沉默、柔情的依靠和隽永的保持。大自然变幻莫测，却又经年如一！

远方一处山坡正在沐浴云雨，散乱的云朵在下坠，它们化成雾抹向山坡，于是那片被云朵遮笼的草原一下子绿得活泼起来……

山雀在草原的不同角落互唱互和，仿佛在彼此推测云雨到来的可能，又仿佛在感叹天边落日旁层云蔚然的七彩颜色。

远处山脚下开阔的草甸中有两个黑点，一大一小，用望远镜远眺，原来是犀牛妈妈带着小犀牛饮水后归家的镜头。

夕阳在不经意的片刻间消失于西边高原的地平线。刹那间，纳库鲁草原错落有致的山丘的重叠也失去了深浅绿色的对比，而用统一的苍翠的绿告诫山间草原上的动物们：黑夜降至，你们有的安睡吧……有的出发吧……有的要小心噢！

马赛马拉大草原

2月19日，历经七个小时车程，抵达马赛马拉国家保护区（Masai Mara National Reserve）。马赛马拉，众人皆知的著名草原，举世瞩目的野生动物的大家庭，也是行万里路来此旅行者神往的"美丽新世界"。

问泉

下午去马赛马拉途中，经过一处观览东非大裂谷的最佳地点，我迫不及待地持起摄像机，跳下车子去与我向往的伟大景观相会……

它，没有想象中的深邃惊险；没有绝情般的裂痕和急冲般的断纹；

它，比想象中的更加宽敞，宽敞得融汇了那么浓的绿色，宽敞得容纳了那么多安详的村落和宁静的炊烟；

它，任你想象却怎么也想象不出竟有如此绵长，从一个远方到另一个远方……

若不是几个喋喋不休的商贩的打扰，我想我不会那么快地跳上车子离开它，离开如此深迈的一堑绿色波谷。

上路后，闭目回想。地球给自己如此深长的一道伤疤，以至于贯穿数千公里都伤得一个模样。就是这地球的伤疤，孕育出多少珍贵物种、多少农田村庄，为非洲人的生命史造化出一片令人神往的天堂。

伤，如果大到了伟大，痛，也将随之而变得渺小。人类不也是在对自身数不尽的伤害中走出了伟大的历史，又从伟大的历史中学会了勇于镇痛的坚强。

↓ 东非大裂谷

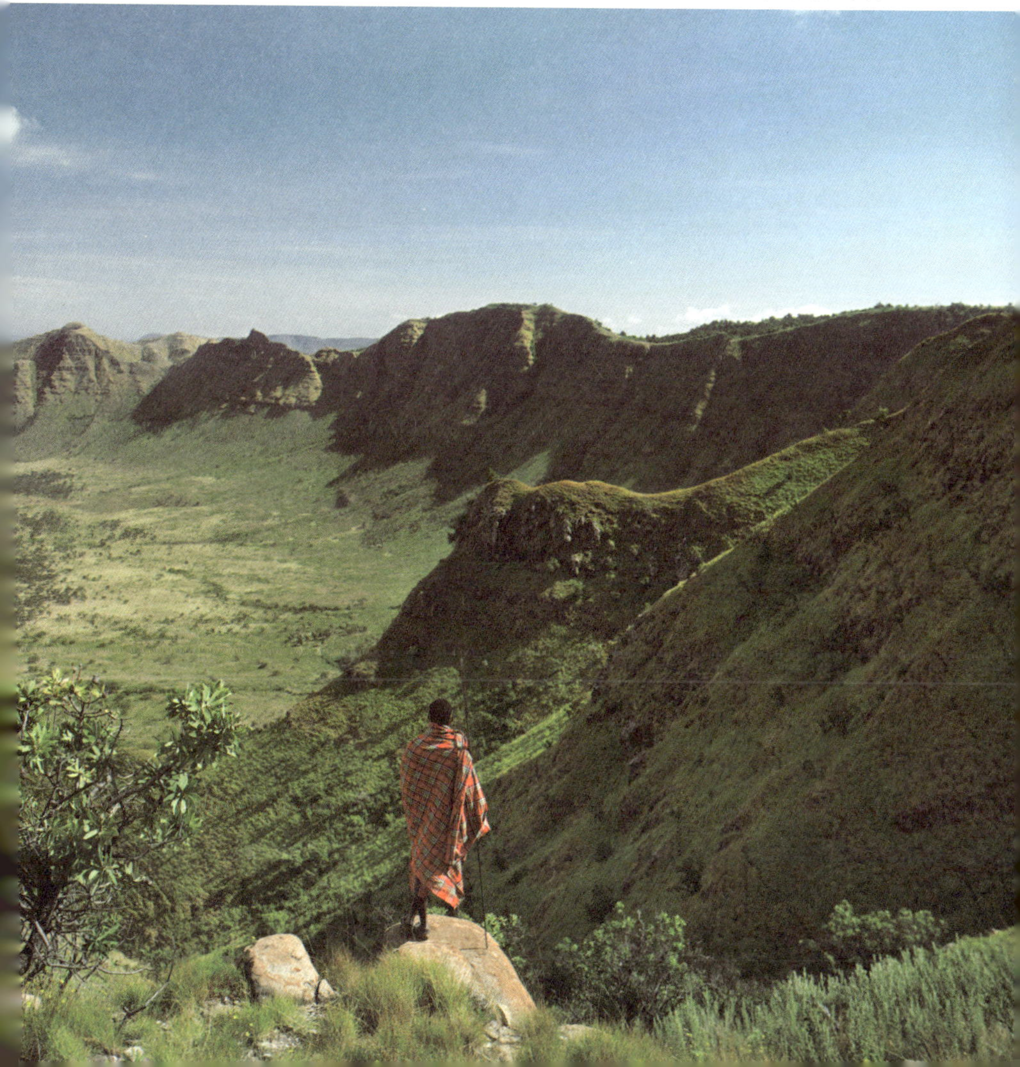

广阔的马赛马拉

没见过哪里的广阔比马赛马拉的视野更广阔!

没见过哪里的坦荡比马赛马拉的原野更坦荡!

——成百上千只羚羊、角马、鸵鸟、斑马混合在一起的景观,远望马赛马拉会处处可见。而在劲风拂过的高草间,偶尔会浮现雄狮、猎豹们消瘦的脸庞。

马拉河的河湾,在河水由安详变得湍急前的河面上,近百只大小河马粘连成一片,有的不时打响鼻息,喷溅出一道道水气,告诉我它们并未入眠。懒散而缓慢闭合的眼中流露着肆无忌惮的神情,对逡巡于身边的近十米长的巨鳄,河马们一派毫无畏惧的神色。

遗憾的是,现在只是 2 月份,到了 8 月至 11 月间,千百万只角马将从坦桑尼亚渡河而来。那时的马赛马拉将会是怎样的喧嚣沸腾!那将是一个只为生命欢呼的季节!那将是一个只为生存喝彩的季节!一切的生与死都将会是对马赛马拉"生命乐园之冠"的加冕,马赛马拉也将在富足的雨水中养育更多更多的"新郎"和"新娘"……

与马赛马拉的道别
2002.2.20
傍晚克科罗乡间别墅的中央草地

一千八百平方公里的马赛马拉,一望无际的多情草原。每天在这里降生无数新的生命,它们是东非高地上汩汩涌动的血浆,延续着千百万年来关于生命的传奇。

我，正在心里和马赛马拉做一次告别。

曾经对其他所到之处的告别，也许只是一句"再见"，或加上几番回首，好让美景和所受的感触留存在记忆中。

可是，对马赛马拉的道别却绝不相同！

当我长时间地穿行于它的原野；

当我停驻远眺远山衬托起的地平线；

当我环顾每一只丛林间跳舞的小生命；

——我知道，我正在跟它道别。

尽管我仍在其中，享受着它的给予，可是我已经在做一次被深深感动的告别——感动于它让我从它的美中直抵自己的心灵最深处，探求灵感的深谷，看懂我最原始、最冲动的欲望与向往。

当这份感动连同旷野触摸我的心田和视野，我终于知道，与它的相遇本身就是一次告别。当我为之触动，为之心动时，离别就近在咫尺，多似一段幻想中的爱情邂逅。同样，与它的相遇，也是我对过去的告别，也是对过去的我的告别。

期待再次与马赛马拉重逢时，我又可以再见到那个曾留在了这片土地上的我，一个完美浸入自然的我；一个只与风云交错的我；一个草原上自生自灭的我。我知道那个我有多么珍贵，有如马赛人从圆木中钻取的火种，不灭于执着的心田……

现在，天色渐暗，我在别墅鸟语间展望渐入深沉的马赛马拉，向它告别。告别的话语却和与它初逢时一样：

SOUBA！ MASAI MARA.（马赛族语言之"你好"）

JUMBO！ MASAI MARA.（斯瓦西里语之"你好"）

HELLO！ MASAI MARA.

你好！我的马赛马拉！

告别东非

2002.2.25
香港启德机场候机大厅

在印度洋畔，东非著名的海滨城市蒙巴萨，我把皮肤晒到不是一般的黝黑，至此完成了远行肯尼亚的旅程，又要经历时差混乱的长途飞行回归。

若不是赶着参加今晚中央电视台的元宵晚会，我一定会在香港多留几天，在这个繁华都市好好休整一下自己疲惫的身心。

昨晚去了香港的新朋友开在中环路别致的法式餐馆做客，在位于中环山坡上一栋老楼地下室的朋友家中，我们各自畅谈着旅行经历。另外几个男孩、女孩加上我和黄征，彼此对他人擅长的英语、粤语、国语都互不灵光，你言我语，似懂非懂，仿佛身在一个多重语言培训班。

因为同行的黄征多停留在香港两天"血拼"，现在只有我独自在冷清的候机大厅里。困倦的双眼难以睁开，疲惫的身体仿佛依然蜷缩着，在从非洲归来的漫长飞行中，是一种无奈的坚持。

但，隐隐约约的喜悦仿佛在我身体的各个角落里流窜。

是什么让这莫名的暗藏的欣喜变得不由自主？为此我在困倦中遐想、畅想、幻想、回想，直至闭目妄想——身边现代构架的候机厅和眼前宽广的停机坪瞬间不存在了，仿佛马赛马拉的微风依然从原野中向我吹来；机场播音小姐的轻声细语一下子变成了野风中传来的鸟兽的吟鸣——刹那间，我微微闭合着的眼睑中充满了激荡的泪水，这些欢快的水滴们从细微的血管间倾巢而出，在眼睑内相汇，仿佛一次盛大的会师，血脉的跳动有如心潮中为快乐呐喊的鼓声。

这一刻，我多么感激生命的原始本性给自己带来的幸福，平静而坦荡的快乐，在心底舒展成一片壮阔的草原——原来，快乐是如此简单，如此透彻，又如此珍贵。

那么，从降生那一刻开始，所有我没能留存在记忆之中的幼小的快乐，从此都栩栩如生，壮大成一次真正完整又完美的生命旅程！

我会牢记这样冲动的体会。

这样冲动的体会，一生又有几回？

北极日记

2012.6.29

抵达斯瓦巴德群岛（Svalbard）朗伊尔港，因为部分行李迟达，"极地曙光号"并未如期准时出发，不过，却也给了像我一样的所有探访者在平静中适应新环境的机会。船上共三十来个人，包括十七名船员和十名探访小组成员。所有人来自不同大洲，不同国家，用各式口音的英语沟通交流，对我来讲听懂全部实在有些困难。甲板下有三层，除了所有船员的卧室之外，就是工程师和科研用的空间，还有两个巨大的冷藏室储存着所有人所需的食物和水。最惬意的空间是地下一层的休息室，沙发、电视、冰柜里的啤酒，应有尽有！要在一天内记住船上所有新朋友的名字和身份很难，而对于其他人来说，要记住我的中文名字发音"Hai Quan"其实更难。

因赶路舟车劳顿未休息好，午餐后不觉在床上睡过去了，梦中

　　突然被持续不止的警报声催醒，才意识到这就是刚登船时被告知的紧急情况演习。于是赶紧在恍惚中披上外套爬上甲板，此时全部人似乎都在了。这本来是对初来乍到者的训练课，可因为平日训练有素，所有在船的职员也都整装到位了，而且都已按规定穿好了救生服。我却忘了穿救生服，被凛冽的极地风吹打着，顿时清醒了。——报到点名后，我们这些新丁留下来学习如何穿脱海上救生衣，这些救生衣像厚重的潜水服，我套上之后，活像个橙色的小怪兽！

　　下午四点钟，地下休息室里，我们集体参加了在冰原上行动以及观察北极熊的讲座，由来自丹麦的专业保安员David主讲。他一再地要求每个人要遵守安全规章，因为一旦我们的行动不当招致了北极熊的来袭，他将不得不使用武器，当然，这种状况还未发生过，希望这一次也如故吧……

问泉

5:50分，刚从甲板归来。船仍未出港，头昏昏沉沉，蜗居在船舱的窄床上有些压抑，甚至动了个颓废的念头：我干吗要来这儿？本可以不窝在这儿毫无头绪的……

突然，马达声响起，不休止地告诉我——起航了！因为下午在甲板拉练时被冻得够呛，这下子长了记性，马上换上在北京和奥斯陆买的秋裤、棉衣、手套、棉帽，提着相机，奔甲板而去！哇，风平浪静、海阔云低，西边是斯瓦巴德群岛，壮美的雪山相送，"极地曙光号"在镜一样反射着阳光的海面上行着。刚才船舱里那一丝消极的念头顷刻间被风吹散了。我迎向船头，不禁展开双臂高喊了一声"嗨"，然后深深地吸了一口极地清凉的空气。这股清凉仿佛就是北极给我的第一份见面礼……

↑ 眺望北极岛的壮美景观

2012.6.30

昨晚睡了有史以来最长的一觉——十一个小时！不知是不是晕船药起的助眠作用。午饭后，船已接近冰原，站在船头用望远镜望去，那一整片的白色"大陆"就在那儿静候着"极地曙光号"的到来。

进入浮冰区域后，一块块大小不一的冰块布满了海面，我们的船就在这望不尽的拼图般的冰原中缓缓地探索着。随着海鸥群在回旋护航，甲板上，同行的英国年轻极地海冰科学家John说，他将带着我们在停留的冰原上钻孔取冰以采样，以厚度和盐度等数据与过去记录的比较，来了解北极冰夏季的消失状况，了解北极和全球温室效应相互影响的程度。

↑ 和极地海冰科学家John测量海冰厚度

↑ 在北极"耍宝"

我们的船长选择了一块相对大且稳定的冰块定锚停靠下来。船四周目之所及的地方一片雪白，盯得久了，不禁眼前迷蒙起来，怕是出现了传说中的"雪盲症"？于是，赶紧回到船舱里。哈！印度大厨Willy和丹麦二厨Ted正在做的晚饭香味已飘得满舱都是啦！我的肚子跟着"欢唱"起来。

2012.7.1

昨晚，地下休息室就像是"小联合国联欢会"，船上竟然有三把木吉他，一把电吉他，一只电贝司，两只音箱，两只手鼓和一只麦克风。十点钟，自发的欢唱会开始啦！我拿起吉他先弹唱了两首中文歌给大家听，于是，男人们一个个都回到了"少年时代"，纷纷地抢着吉他用英语、西班牙语、俄语、荷兰语唱起了自己熟悉的歌。荷兰摄影师Bas的琴技相当专业，最后，我和他干脆当上伴奏志愿者，谁想卡拉OK都来者不拒！欢唱会直到凌晨两点，大家仍意犹未尽，舷窗外极昼的夜空阳光依然灿烂着。我的生物钟实在困惑，不知该不该困倦，该不该睡去。

↑ 用滑雪板在北极冰面上行走

今早多睡了一会儿，因为全船周日可以多休息一会儿，不必像平日必须七点半起床。今天的工作很多，我被安排在午后到冰面拍摄宣传片。

在"绿色和平"挪威办公室的帅哥Henning的指导下，我练习着在冰面上穿着滑雪板前行。来自塞浦路斯的导演兼摄影师Nuge（本名Stephen，Nuge是他乐于别人称呼他的别号）和我讨论并拍摄了一些冰原的画面。同行的来自英国的摄影师Alex，身高至少一米九〇，虽然双腿有些小儿麻痹后遗症，行动较常人稍有不便，但依然在冰面、船上来来回回、上上下下地奔忙着。他和我最大的谈资是北京，因为他竟然曾经在北京生活过一年半。我们聊新东方的英语，聊工体西的夜店，聊三里屯的酒吧，聊簋街的火锅……侃个不停。

　　极地天气瞬息万变，雾霾会在不经意间笼罩住一切，因为一百多米之间，人类很难逃脱北极熊的追赶，所以一旦雾霾遮住视线，冰上的活动就必须终止。极地海冰在全球变暖的影响下在过去三十年已经消失了四分之三，有科学家测算出最坏的结果是：二十年后，夏季北极圈将彻底变成汪洋，不再有海冰的存在。目前，北极圈的生态平衡已被人类的行动严重破坏，北极熊的正常食物链已渐渐断裂，所以，一只饥肠辘辘的北极熊向我们发起突袭的可能性很大，而且结果不堪设想。我只好和伙伴返回船舱，正好有空想一想过一会儿拍志愿者宣传片要说的话："大家好，我搭乘的'绿色和平'科考船'极地曙光号'经过两天的航行已经到达斯瓦巴德群岛和格陵兰岛之间的北极冰原，眼前的雪白美极了。可是这美景的所在地，这北极熊等物种的家园，由于全球温室效应的加剧，很可能将在三十年后不复存在。这不是危言耸听，也绝非与你无关。一旦北极冰原彻底消失，大量原来被白色冰原反射回太空的太阳光热将被深色的大洋吸收，失去了北极冰原这个全球温度控制器，全球变暖状况会加剧，陆地冰川加速融化，洋流紊乱，极端天气更频繁地肆虐，全球粮食减产。地球人，不论身处挪威还是南非，无论是在西伯利亚还是印度，无论在阿拉斯加或是阿根廷，所有的生活都将改变、恶化。而中国，在未来的世界中举足轻重，中国人不应也不能在拯救北极的活动中落于人后。我们应赶快行动起来，参与'拯救北极'活动，成为一名'北极守护者'，这不仅关乎遥远的未来，也关乎每个人近在咫尺的明天！"

2012.7.2

今早，新西兰籍船长Derek决定起锚驶向斯瓦巴德群岛西北部的海湾。风劲浪涌，午饭以前，很多人就已经晕船了。在电子通信师Tom的帮助下，我接通了互联网，从上午十点开始和中国的网友做了两个小时的网上直播聊天，聊在北极的所见所闻，和大家分享拍到的图片，还承诺给有奖问答环节的胜利者寄出北极明信片，最终上海的网友Ella施赢得了这张明信片！长时间盯着电脑不免也有些晕船，下午在舱内昏睡了一阵子。船抵达停靠点时正值晚饭时间。真巧！一对北极熊母子也正在雪岸上享用着大餐——一只可怜的海豹。我顿时来了精神，用望远镜在高台甲板上足足陪了他们一个小时！此时，正是晚上九点半，太阳依旧当空，风清云淡，远处雪山叠嶂绵延，美得令人沉醉，美得让我毫无睡意。经验给我灵感，于是，突然有了想写一首歌的冲动，我感觉一句句发自肺腑的话已经到了嘴边，伴着酿熟的旋律一起，只用很短时间就会完成它。就用我写下的第一句作为这首歌的歌名吧——《Where Is It》。

2012.7.3

Where is it？　Where is our motherland？

Where is it？　Where is our wonderland？

Where is the ice field？ Where is the polar bear？

Where is our sympathy？ Our dream？

Do you believe in the human's future？

Do you hope for tomorrow's sunrise？

Do you believe yourself deep inside？

Do you do you

What are you looking for？

What are we fighting for？

……

今天上午在休息室沙发上弹着吉他完成了这首歌，然后就去找Nuge讨论可否将这首歌拍成一个有趣的MV。我们邀请了加纳女孩Sena一起与我合唱，我和Sena反复试唱着，一起设计着这首歌的结构。不知是不是每个非洲女孩都特别会唱歌，Sena的歌声即便不用宛若天籁来形容，也可以说足以令人神驰。也许因为她从小就在福音合唱团练习的缘故，同样的歌词与旋律，经她的口中唱出来，便满是灵魂的美韵，特别容易入心。

"极地曙光号"此时停泊在群岛北部峡湾的尽头，站在甲板上环顾四周的群山，群山山谷间入海口处横亘着数条巨大的冰川。天色微微有些许阴沉，云雾裹挟着山岭，不现山影的真貌。一缕浮云正爬到了海面中央，爬得很低，低过了海鸟在空中的翅膀，仿佛刚刚高过海面上那一块块游走的浮冰，仿佛我伸手就可以推它去别的地方。冰川们就像从山中奔腾而来的几股巨浪，却仿佛被神奇的力量遏止在了入海的一刹那，凝固成了定格的画面。它们初看去恢宏得有些狰狞，说狰狞，却又不适宜，因为再静观去，它们泛着纯蓝光泽的躯体安卧在山间，又是那么静美、纯澈，甚至有一丝羞涩……说实话，这是我有生以来第一次真正被某一个风景所慑服，进入叹为观止的状态。的确，它不同于我过往游历过的所有壮山阔海、丛林小溪，它就像个虚拟的 3D 仙境，美而神秘，让我不敢相信它此刻真的存在。

入夜，刚听说淋浴室里面还有桑拿房可以享用，很想试一下，去体验在冰川山岭间蒸出腾腾热汗的感觉。使用淋浴间要排队等候，于是我坐在餐厅和大家侃大山。有菲律宾的水手 Eric，新西兰的船员 Grant，秘鲁的志愿者 Miryam，香港的学者 Fred，我们开始向彼此讲述自己或朋友们曾有过怎样不寻常的旅程：有的人骑自行车环绕南北美洲；有的人骑着骡子穿越丝绸之路；最后 Grant 兴致盎然地对着墙上的世界航海地图，给大家讲述他从十几年前开始到现在参加过的各种航行，他的手指一会儿从新西兰经太平洋跨到阿拉斯加，一会儿从印度洋划过红海到地中海的西岸，一会儿从南美洲到南极，一会儿从英国直抵俄罗斯。在他的食指下，世界地图仿佛变成了自家的后院儿，那种不经意间流露出的豪迈让人既羡慕又嫉妒。

2012.7.4

　　这是辛苦的一天，我们再次套上沉重的救生服乘快艇登陆冰川旁的石滩，为此次活动拍摄宣传片。老天很给面子，拂去了密布的愁云，露出湛蓝的晴空。冰川巨人用在阳光下更加剔透的蓝魅惑着我们的灵魂。

　　拍摄工作接近尾声，我和加纳女生Sena脱下厚重的连体救生服，光着脚在石滩上唱起了我昨天完成的那首新歌《Where Is It 》。因为导演Nuge同意在雪山冰川大海间拍摄我们原始的演唱，做个此次探访之行活动的主题曲MV。真是太好了！尽管北冰洋的风不一会儿就冻透了我和Sena，尽管我弹吉他的双手冷得几乎无法自控，我们还是唱得特别开心和尽兴。我对Sena说：记住这一刻吧，要好好享受它，这可能是我们此生唯一一次于这样壮阔的美景中自在唱歌的机会！其实这句感叹也正是我说给自己的。

　　对于一直在头顶盘旋吟鸣的海鸟来说，我只是个过客；而对于横亘在我面

前的史前冰川来说，人类也只不过是过客吧。我躺在石滩上仰望透明却又看不透的天空，不禁感慨：对于这无穷尽而未知的宇宙来说，我的存在是多么多么渺小而幸运的偶然，我和身边的伙伴们又是经历了怎样的偶然才相聚一起？我们今天所有的努力对于宇宙和这个星球的历史而言可能微不足道，但是我们正在脉动的心脏中毕竟传承着祖先留给我们的密码，而每个人都有责任尽力将这密码用真正的行动传递给后世。这密码就在各种错综的文明线索间；就在我们对于自己的存在感中；就在我们这个物种已经创造的文明之中；就在人类对于未来充满期待的遐想中。这神奇的密码如果被解开和简化概括，其实只要四个字母足矣，那就是L-O-V-E……

猛然间，一阵巨大的轰鸣声传来，将我从遐想中唤醒。那一定是又一块巨大的冰川融化塌陷入海的声音。北极死寂的安静中，这一声声巨响仿佛是一秒秒倒数的时钟，指向这些冰川最终消失的那一刻。那一刻，北极海冰将不复存在；那一刻，北极熊将彻底成为教科书里记载的已经消失的物种；那一刻，人类可能才真正开始忏悔并真正想改变自己；那一刻，什么样的忏悔以及想改变的尝试可能都为时已晚了……我不愿自己有生之年经历那一刻，也不希望我的子孙去扮演可悲的见证者。

因为真正悟到了那一刻，于是我明白了在下一刻，自己该做些什么。

冲绳印象

美人冲绳

八月骄阳下的冲绳，热情似火，若没有海风吹送，就如同进了桑拿房一般闷热难当。即使是这样，到这儿的游人也必须去逛一趟首里古城。不到首里，不算来过冲绳。

首里是古琉球王国的皇城，坐落于冲绳岛南部那霸市郊，依山傍海的风水宝地，因历史上长期向中国的皇帝称臣纳贡，这里到处体现着中华文化对古琉球的影响。城门前一对石狮，右边的公狮子张开大口，象征威武雄壮的男性美；左边的母狮子闭着嘴，显示着温柔贤惠的女性美；城门口的石碑上还有清康熙的御笔题字。而最有趣的地方就是主殿的两侧，分别是招待中日两国特使的宫殿，左侧是中式的宫殿建筑，右侧是原木色的日本和式建筑，看上去就能猜到古琉球国在中日这两个强大邻居之间权衡利弊时的小心翼翼了。

　　琉球国在清王朝破落的年代终被日本统治，二战时期作为太平洋上的战略必争地，没能够逃过战争的破坏，现在的首里城就是在一片被轰平的废墟上重新复制起来的。即使在今天，作为太平洋战略要冲，美军依然在岛上占据大片的土地作为军事基地。不时有F-22撕裂长空的号叫，"美国村"的街头也是一片美式街景。

　　历史继续着琉球脆弱难逃的命运，它就像一个太平洋上孤单的美人，红颜薄命，任人摆布，不由自主，谁让她生在这里，又生得如此漂亮呢？

那霸街头

　　尽管没法与东京或大阪繁华的商业街一样热闹，那霸街头还是别有一番自己的韵味。

　　必逛的不夜街就是国际通了（通，在日本文字里就是路的意思）。夜色阑珊时，街边的店铺彩灯高挂，泡盛酒、琉璃双狮、冲绳三弦、红薯点心这些本地特产遍布各个门市。不时从不同的冲绳特色料理店门口传出三弦和民歌的旋律。很多像喜纳昌吉（《花心》的原作者）这样著名的冲绳民谣艺人都在国际通上开了自己的民谣餐厅，夜夜歌舞升平。来自哈尔滨的导游小伙子乔治和冲绳旅游局的一位课长把我们带到了本地著名的"岛呗"餐厅，观看"四姑娘"岛呗组合的表

演。听说她们姐妹几个在一起表演已经十几年了，一招一式，举手蹙眉，令人心旌荡漾。

　　如果大家也有机会来逛那霸国际通，想买潮流服饰，一定要去OPA大厦，我个人特别推荐楼里的WEGO服饰店，不错哦!

与冲绳艺术家的初相识

　　这次在冲绳最不虚此行的两件事情，一是和三弦达人神谷幸一学习弹奏三弦，二是认识了定居在冲绳的英国新世纪（New Age Music）音乐家Keith。

　　在神谷幸一先生的工作室里，他一边讲解三弦的乐理，一边手把

↑ 跟神谷幸一学习弹奏三弦

手地教我们弹奏冲绳的一支名曲。羽凡学得兴起，还即兴拿三弦弹起
了《最美》，逗得神谷先生开怀大笑。真是个调皮的学生！和本地生长
的神谷先生相比，电子组合Underground成员英国人Keith更直接地表
达着他对冲绳的热爱，他神采飞扬地和我讲他家别墅山坡上的芒果树、
工作室对面超美丽的海湾，还有他采集的那些冲绳原生民歌片段等等。
我说他是个"lucky guy"，他害着地笑了笑。我想，如果我和他一样，
在阴冷凝重的英国北部长大，有一天到了冲绳这样的热带乐园，面朝
大海地做着自己热爱的音乐，累了就跳进门前的珊瑚湾浮潜，与五彩
的鱼儿相伴，上岸摘下野生的芒果、菠萝解渴……哇哦，还有什么比
这样的生活更幸福呢，可能我也不愿意离开这儿呢。网上搜索一下冲
绳Underground的音乐吧，你会听到世界上最幸福的电子乐！

质朴到底的久米岛

　　听我们可爱的导游Lisa讲，在冲绳县众多的外岛之中，最具质朴
风貌的就是久米岛了。果不其然，下了飞机，岛上的主干道竟是北京
胡同一般宽窄的双向小道，道边就是一人多高密密丛丛的甘蔗田。全
岛只有几千人口，自然是清静得不得了。
　　久米岛畔的离岛最特别：潮落时，一弯绵长的白沙滩就显露出
来，成为海中央的小岛；潮涨后便沉入海中，游人务必在潮涨前离

问泉

开，要不然就只能游回久米岛啦。

因为台风将至，几乎没有游客来离岛。我们几个胆子大的找到一个开船的大叔，央求他带我们到离岛转转，不然岂不是白来久米一趟。我们登上离岛的时候，天气还不算太糟，就是风大得让人站不住，不抓紧帽子，它就会被狂风发射到远远的海里，别指望再回到你的头上了。

我总算在离岛实现了在冲绳浮潜的愿望。带上潜水镜和呼吸管，我游向海中的一片深蓝色，那一簇鲜活的珊瑚礁，也说明着一定有鱼群出没。果不其然，珊瑚礁旁不到一米的水深处，颜色与体态各异的鱼群四处巡弋着，也不怕人，自行其事，互不相干。我的头沉在海里不舍得抬起来，直到黝黑的船大叔要起锚回航，才回到岸边。看见伙伴们在沙中抓来一大堆寄居蟹，正在做"告别放生"仪式……

因为要赶在莫拉克台风到岸前飞回冲绳，所以没有做完本地记者的专访就匆匆赶赴机场。为了拍到像样的报道照片，久米岛上的一位记者先生一路追到机场，还气喘吁吁地跑去买了久米的点心送给我作为礼物。时间紧迫，对他的提问只能答以只言片语，更来不及对先生的热情给予任何回馈，就进了候机厅，这让我有点儿内疚。一边和同事分享着他送的甜美点心，一边思量："什么时候才能再回到久米岛？"那时，除了带羽凡也来体会久米岛的淳朴（羽凡因为身体不适留在了冲绳本岛），更要带些中国的特产，回送给可爱热情、执着敬业的记者先生。

好吧，再见了，质朴到底的久米岛。

再见了，太平洋的小美人——冲绳！莫拉克台风即将吹乱你的妆容。可是，我相信，风平浪静后，美人依旧……

在贝多芬出生的阁楼里冥想

波恩市政厅广场的傍晚时分阳光依然明媚，广场的所有空间除去一些散落的咖啡座之外，完全被农贸集市所占据。卖水果的和卖蔬菜的吆喝声此起彼伏，市政厅大楼的庄重肃穆和它面前的市井喧闹反而让我觉得出人意料的和谐。无论谁此刻站在这儿，想必都不会把眼前这座闲适的小城和曾经被称为西德的国家几十载间的首都联系在一起。

市政府门前摆地摊儿？这样的情形在中国人的脑海里是不可想象的，我们中国人几千年的衙门前只容得下听上去更重要的事情，比如说演讲、集会、欢庆、判罪……而绝非讨价还价，斤两尺称的琐碎。

我身在的这片广场也举行过演讲，当然也有过世界政要们的聚会，可是并不因为有了这些重要的日子，这个地方就不再属于最平凡的生活、最普通的买卖了。

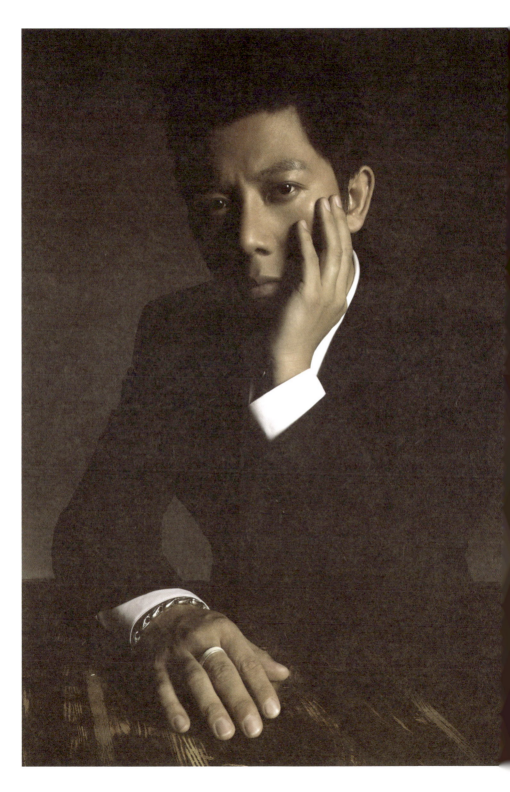

　　于是，联想到我所到过的我们祖国正在飞速建设中的许多城市的模样：它们之中也几乎都有这样一个市政府门前的广场，有的还可以称得上非常开阔宏伟，这些广场的实际用途除了彰显这座城市领导者的胸怀和业绩之外，往往只是为市民们提供了晨练、纳凉、谈情或说爱的地方，而造就这些开阔而宏伟的广场的费用，也许本可以花在城市的不同角落为市民们修建或完善更多休闲场所。

　　身在异国，看到眼前这民生与民政轻松相融的画面，才突然意识到，造就这一切的其实是时间。创建者们最初的野心勃勃，宏伟建筑群最初的气势磅礴，伟大雕塑家们最初的摄人心魄，都会随着人类营造的和平生活与平稳进步而慢慢地变得随和，随和的脚步会将民生与民政自然地趋向融合，就像我眼前的小城波恩的傍晚景色。

　　想到这儿，刚才的疑惑烟消云散了，我相信我们中国的很多充满希望的城市，它们需要的只是时间，它们的和平生活与平稳进步，在积累了足够的时间与经验之后，必将拥有与众不同的风貌特色，并展现出充满底蕴的中国式的人文情怀。

　　说到波恩的人文情怀就不能不提到一个伟大的名字——贝多芬。波恩正是这位影响了全世界的作曲家出生的地方。波恩人相当地以此为荣，尽管它只记录了贝多芬在这里屈指可数的童年岁月，但是当他出生的老屋面临被推倒改建的时刻，几位无名的波恩人还是倾其积蓄，合力挽救了这座危楼，并修缮成了贝多芬博物馆。这件事发生在一百多年前，于是这一百多年中，世界上可以寻找到的任何有关贝多芬的曲谱、乐器、信笺、家具等等都有了一个最合适的归宿——贝多芬出生的地方。

贝多芬博物馆如果算上他出生的那层狭窄的阁楼是一座四层的小楼，楼的前后虽没有太大的花园，却显得非常幽静。绿地里矗立着很多贝多芬塑像，他们出自不同时代的不同艺术家之手，有些甚至是贝多芬生前的挚友。

博物馆里陈列着相当多的贝多芬生前手抄的乐谱，有他最初作为一名职业演奏家出现在乐坛时演奏的提琴，有他晚年失聪后所使用的巨大的助听器，有他少年时代首场公演的宣传海报，还有一间屋里很特别地陈列着两具贝多芬的真人脸模。有美术常识的朋友都知道这样的脸模是需要被采样者本人亲自配合才能完成的，而这两个模型的塑造时间，一个是在贝多芬病危的床头，一个是在他病逝后的葬礼上。两张脸看上去截然不同，一张丰满许多，另一张的颧骨完全凸显出来，脸上没有任何肉感，可是如果仔细看就会发现，两张看上去完全不相似的脸庞，却都始终如一地透着坚毅的棱角。特别是离世之后的那张脸模，反而让人可以更清晰地从他冷锁的眉额、突兀的颧骨、紧闭的嘴角，寻觅这位伟人生动的倔强和鲜活的表情。贝多芬躺在棺木中与世最后告别的一刻，留给世界的依然是他谜一样的个性。

太多物品被陈列在各个房间内，只有一间小屋空荡荡的，仅竖立着一尊小小的贝多芬铜像。这间不足七八平方米的狭小阁楼正是他呱呱落地、降临尘世的地方。此时已近闭馆时分，楼内游客寥寥无几，被斜斜的屋顶挤压下的小小阁楼里只剩我一人静静地驻立，呼吸着没有波动的空气。从仅有的两扇窄窗能看见夕阳下的绿意。是这两扇窗给这个刚刚出生的婴儿送来了他在这个世界上见到的第一缕阳光，他的啼哭声也经过这两扇窗子传向了全世界，向世界宣告，他奉献给它的将会是怎样的华彩乐章！

不知道贝多芬离开人世的一刻是否想到过这间出生的小屋，渲染在他记忆之中的太多恢弘的音乐厅、颠簸的车厢、华丽的宫廷、浪漫的长廊、凄楚的病房……这些过往的场景，记录下他少年得志时的轻狂、离乡求学时的期望、誉满欧洲时的锋芒、抗争病魔时的悲怆，太多场景最后背叛了他，甚至将他淡忘，只有这间老旧的阁楼依然忠实地矗立在那里，见证着他的曾经。

老屋享受过千里之外传回的也应属于它的那一份荣耀；它享受的时候，也许这个天才、这个赤子却毫不关心也毫不知

晓。没关系，它继续含蓄地表现出质朴的欢乐，为它孕育的那个孩子默默地骄傲。直到天才陨落，怆然离世，老屋依然无声地接纳着世界给这个孩子不曾停止的喝彩。它让怀念他的人们有了怀念的角落，让景仰他的人们有了景仰的寄托。

而它，还是它，一座看得见风景的狭小阁楼……

这，就叫做故乡。

散记三则

写给蓬皮杜艺术中心

蓬皮杜艺术中心，拒绝东方色彩思考的西方文化侠客。

蓬皮杜艺术中心，抽象艺术、后现代艺术、超现实主义和行为主义的乐园。

蓬皮杜艺术中心，已经有三十岁的年龄了，外观依然前卫。

蓬皮杜艺术中心，身前的小广场上上演着一组组传统的街头杂耍秀，体内却常年追捧着一幕幕打破传统的人类哲学美学杂耍秀。

蓬皮杜艺术中心，吸纳世界上最无厘头的幻想，上映人们心中最潜意识的幻象。

蓬皮杜艺术中心，工业美学的自由市场，表现主义的天堂。

蓬皮杜艺术中心，读不懂，没关系；读不完，没关系。东方人，别怕他的神秘，他的秘密来自工业革命焕发的神采，来自科技革命引发的人类自省的本能，来自过度自省撩拨出的虚无，来自虚无难以自拔时的挣扎。东方人，从来都擅长对付虚无带来的挣扎：佛，让我们自省了一辈子，让我们虚无了几千年……所以，蓬皮杜不可能在东方被复制，即使未来当东方领军世界的时候，也不会用蓬皮杜的精神诠释生命的本能。

在鲁迅故居

在这条普通得不能再普通的南方小镇的一条小路上，鲁迅先生少年的脚步曾反复踏过。想必年少的先生带着稚嫩的清风，在这样一个阳光明媚的下午，从对面街的三味书屋兴高采烈地回到自家的院落，经过母亲的卧房，和正在做活儿的母亲打一声招呼，就直奔后院的百草园去玩耍了。

如今鲁迅先生的声名给绍兴乡亲带来不少余泽，来参观故居的人总会到旁边的咸亨酒店坐一下，茴香豆入口再呷上一口老黄酒。咸亨酒店生意红火，不靠门前那尊玩世不恭的老孔乙己，是因周家的三个儿子在此处，在他乡，在中国人心里留下的一大把营养丰富的思想的蚕豆。

三味书屋门前的石板桥下，仍是一条旧水，乌篷船内茶香依旧。

来自上海的大妈旅行团七嘴八舌与小贩讲着几包梅干菜的价格。

戴着乌鸦帽的三轮车司机在用手势邀请穿着各异的旅客。

鲁迅先生屋内各式绍兴特产堆成了小山。

而眼神木讷的我们一行面对周先生曾睡过的大板床开始讨论有关"偶像"的话题，话音未落，几个本地来玩的大学生要我给他们签名，此刻突然想知道从我身处的这间大房走出去的那个人给后人留下多少签名。

世界变了，在百年前被划做下九流的艺人，今天更有机会成为被崇拜的偶像。越来越少的年轻人关注思想博大、严谨而有建树的那个人、那些人。今天我们依然怀着崇敬参观先生的故居，然而当我们的孩子长大时会有兴趣观览什么呢？而先生在我们这个年龄时已然在遥远的东洋做从文救国的抉择。今天的我们，又会在哪个喧闹的角落给自己做些冷静的抉择呢？

咸亨酒店的走廊里回荡着炸臭豆腐的余味。这种独特的味道在这片土地经过了几千年，已然变成了一种彻彻底底的香味儿……

游周庄有感

那一日晚上，我们在苏州参加央视"中华情"的表演，忙里偷闲，来了个"姑苏一日游"，到喧闹不堪的周庄走了一遭。

看到那已经被不太高明的商业氛围笼罩和吞没了的美丽水城，真觉得有些遗憾,这再一次证明了中国的那句古话——人怕出名猪怕壮!

　　陈逸飞先生在醉心为这个小镇描画"双桥"美景的时候,一定不会预料到,他的画作,不仅将会给这个小镇带来名传万里的美誉,伴随那可怕的名誉而来的,更可能是一种文化环境和自然人文生态的灾难……

　　我终于到了一直向往的周庄游历,可是,可是,它就像个传说之中倾国倾城的因纯澈而著名的美女,为了接纳四方而来的看客,笑容已经疲惫,妆容好不做作。那出名的"纯澈"也已经成了为"铜臭"而"纯澈"的自取其辱般的标榜……

　　现代中国人的"智慧",可不可以少一点点运用在那些只能赚"快钱"却亏待了"未来"的事业上呢?!

02 活着的理由

若常常为生计四处奔波，上下求索，不可悲，也不可怜。
路不仅靠选，更要靠走。
迈出第一步，就有可能走出一条路。

孤而不独，还是独而不孤？

昨夜，一个朋友在电话里问我："你孤独吗？"我回答说我孤独，也享受我的孤独。她又问："有那么多人每天包围着你，你还孤独？"……放下电话，环顾着身边空空的房间，又深吸了一口夜里静寂的空气，我开始重新整理自己对于"孤独"一词的解析。

我突发奇想将它拆解开，于是有了这段文字的题目：孤而不独，还是独而不孤？

英文中也有两个意思相近的词汇，一个是"alone"，一个是"lonely"。以我看，孤乃"lonely"，而独就是"alone"。孤，是一份寂寞，或是一份凄楚的无助，一份挥之不去的无言感伤，因无人倾诉而生的哀怨；独，是只身片影，一段自有的时光，一处自在的空间，足踏大地，除去双脚占有的方寸，身外一切皆归自然。

为何会孤而不独？

深沉的寂寞是不会因身外的喧哗而变得浅淡的。接踵人群中，已习惯彼此的陌生，虽有时拥挤不堪，却无人主动举起自己的手臂，呐喊出对紧握另一只手臂的期待。即使已经紧握的两只手、亲吻着的两片唇，是否就可以真的借肌肤之亲获取温暖？这样说来，孤而不独的状况对于现代人已是常态，逼仄窘迫的人际空间，有时拥挤却疏离，有时空旷却喧嚣。我们都在其中，沉默不语。

那么，独而不孤呢？

它是何其不同！是从"孤而不独"的世界巧偷回来的一分自喜。好像我深夜不眠时，经常一个人爬起来弹钢琴，那些即兴的旋律就从独享的思潮深处一波又一波地拍打在黑白的琴键上，我就任由它们打湿梦魇般的现实，也任由它们不知何时不知何故地退去，乐随它们去得不见踪迹。然后合拢双手，举头望弯月一轮，好一番浮生偷闲的窃喜。这样的夜，多得让我已经习惯于独享这份心头的浪漫。像不时就上演的音乐剧，我即兴创作、表演、观赏，就和我自己，却绝没有一丝"孤"字所承负的苦与哀愁。

写到这儿，我终于明白了自己长久以来所沉溺的心境，这"独而不孤"恰是不可多得的浪漫，全靠自习的智慧，是一种片刻即永恒的生存意境，它散落在我们"孤而不独"的世界中，抚慰着"孤"所牵动的心灵隐痛。我会乐观地相信：所有"独而不孤"的雀跃着的灵魂终会消融"孤而不独"的冰河，人和人之间紧握的双手如潺动的溪流，互吻的双唇似溪流间灵动的浪花，溅出人世间亘古不变的激情。

2003 年 6 月 1 日
写于三亚至北京的航班上

仰望繁星

八月，狮子座的流星雨撒过天际，燃烧掉最后的生命，用绚烂的方式向宇宙告别。

八月，奔波中度过我的第三十四个生日。燃烧完前面三十四根生命的蜡烛后，我该用怎样的方式向过去的自己告别？开始又一次青春的轮回，或者被迫地选择让青春止于梦越来越落寞的片刻？梦，越来越落寞的片刻，不就是衰老的颜色？

看着与我同龄的友人们往复于雷同得可怕的道路上，有的踌躇满志，有的孤独落魄；有的匆忙去抓紧爱情，有的却在拼命忘却爱情；人生被切割成不同的角色，被欲望和责任囚禁在不同的阁楼里。我们发光的青春和那些日记竟然都被塞在了上锁的抽屉里，不愿再打开……

浪漫，终于成了一件奢侈品。

是该叹息我们的老成呢，还是该咒骂我们的世故？

　　有人说，喜欢天文的人，比较容易豁达地面对一切。此话我觉得有一定的道理。毕竟，开阔的宇宙让我们更能看清自己的渺小，也就更能帮助我们从琐碎而嘈杂的人生中得以解脱。谁说我们每个人所面临的不同难题不能用同一种办法解决？终极的解决办法，也许只有宇宙观覆盖人生观后的一丝超脱吧。

　　这个问题，还没必要深入探讨到宗教的层面，其实，他只是平凡人每天最普通的修行。

　　以上的思考，源自于前几天看的一部浪漫电影——《八月迷情》（August Rush）。电影里，男女主人公邂逅真爱，继而分离，终难相忘，他们爱的结晶小奥古斯特和音乐承载着宿命般的使命，最终促成了这份缘。我好喜欢电影里小奥古斯特弹吉他的模样，充满创意，原来很老套的音乐题材还可以拍成这样。

　　DVD附赠的剪辑段落里，有一段对话真的很精彩，当街头穴头罗宾·威廉姆斯和小奥古斯特仰望繁星的时候，老人告诉孩子："这些闪烁的星光来自千百万光年之外，当星光到达我们的眼帘时，那些发光的星体也许早已经不复存在，于是我们正在欣赏的繁星点点可能就是一部遥远星系的存亡史，一部每一秒都在继续的宇宙史……"

　　我想我们每个人的人生大体也是如此。在我们狂欢或失落的当下，在我们冲动或淡定的此刻，我们不自觉停停走走的生命之旅的这一步，终将给我们存在过的世界留下定格的画面。不用底片或胶片去留存，这所有的发生都会在未来的某一刻映入回首的眼帘。未来的我

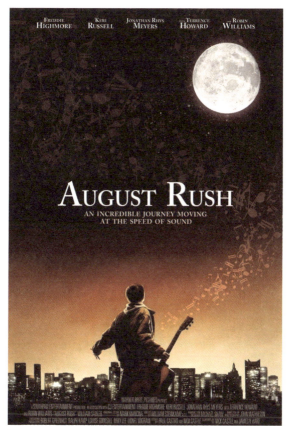

↑ 电影《八月迷情》海报

们会看到自己用当下的每一秒绘成的生命星图，有的星光尤其灿烂耀眼，有的暗淡得忽隐忽现。我们习惯性地将几颗最耀眼的星星圈成臆想出的星图并称之为星座，其实星座中的每颗成员之间都相距遥远，我们却以为自己定义的星座可以代表人生之轴，甚至匆忙地定格自己，固执地给自己一个宿命的理由……但，我们每一秒的生命都千变万化，充满了未知的可能。抛开靠自己臆想绘成的星座图，我们将会看到更多宝贵的星光，发现更多琐碎而可爱的回忆，为转瞬即逝的当下保留更多选择的可能，并理所当然地享受未知带来的欢愉。人生之光如果连自己都无法照亮，又怎可妄想照亮别人。

　　小奥古斯特随音乐的灵感前行，对爱充满信念，才让电影有了完美的结局。我们这些成年人除了看电影时稍被感动之外，又有谁会真的相信现实中有这样浪漫的坚持呢？如果成年人都已经有了几个自己定义的人生星座，我们终老时看到自己用一生绘成的星图将会多么单调、多么乏味。我害怕自己会变成那个样子……

2009 年 8 月

匆匆于北京新居

胡聊人文

它，不仅仅是人类对自己的回首和期许。

它，不仅仅是人类对社会的思考和构架。

它，更应该是我们对所身处的大自然的温暖感慨。

它，更应该是我们对宇宙一切未知可能的深深敬畏。

我从小成长于都市，每当从钢筋水泥的局促逃向开放的田野或无际的海平面，都按捺不住心底的雀跃，像挣脱了捆绑的傲慢的精灵，从繁琐回归单纯。这就是无边天地给我这弱小心灵的无私馈赠。然而，当我自负地赏析田野的风景或都会的半烟，却常常忘了自己是谁。于是，我试图思考，去解答这个难题，却换来一路迷惑。

我是谁？这个问题重要吗？镜子中的躯体不是只因为能够感受快感或痛感才变得珍贵吧？如果我是又一个靠宇宙爆发产生的元素聚合的物体，那么我与一切看见的、听见的、触摸到的又有什么不同？

我无权审视美与丑，我无权判定对与错，我只有权利向身外的世界道歉：对不起，我不知道我是谁，谁是谁，谁是我……我为我无法改变的无知和自负而愧疚，我和我的所有祖先以及后代一样，会继续懵懂地存在下去。有朝一日，未知的时空里，如果依然有一个与我们的文明毫无干系的物种构筑起自己的文明，我猜唯一相似的将会是发起和今天一样的问题。

人文，既爱惜自己又不惜自己的一种乐观的存在方式，珍贵而脆弱，在我们的基因中反复循环着。它有时弱小而懵懂，面对自身的贪欲和暴力束手无策，却也因它的柔弱最后战胜了我们身上所有看似刚强的基因，它的力量来自于造物主给我们的神奇礼物——爱。人类一思考，上帝就发笑；同时，人类一发笑，上帝也不得不思考。

此刻，我在三万英尺的高空俯视所飞过的城市和村庄，诡异地笑出了声。

从归园田居说起

要走几段路犯过几个错才明白自己想要的太多
要恨几个人伤过几次心才了解为了爱要怎么做
一座城市又一座城市才知道流浪的路有多颠簸
一次成功又一次坎坷才懂得陶渊明先生的快乐
——摘自羽泉作品《归园田居》

归园田居中的闲适、恬淡、静谧，千百年了，一直徘徊在中国人的心灵幻想之中，挥之不去。历史中的现实，现实中的历史，无论是风流人物还是草根庶民，无论是经历战乱的动荡还是历经盛世的太平，每个人心中都有一片桃花源。它仿佛成了穿越时空永不过期的中国人的集体心灵安慰剂。人生不尽如意时，那一片"采菊东篱下，悠然见南山"的田园，就若隐若现地召唤着我们回归自己血脉里铭记的心灵家园。

有多少人能够在功成名就的巅峰时刻选择华丽的转身，退隐江湖；又有谁能够做到即使身处市井的喧嚣，依然可以随时随地从人生

的百态里回归生命初始的原态，
回归童真般的懵懂？李太白还有
苏东坡这些老先生们，不也是在
历经人生中一次次荣华光耀又一
次次落寞黯淡后，才走向终极的
豁达，才获得灵魂和灵感的双重
自由，继而流芳千古。

　　身体的流放地，往往成为心
灵的乐园，这种乐观精神是中国
人坚韧并且淳厚的性格使然，所
以谁都不能说，传统宗教的世俗
化和信仰活动的民俗化就是集体
精神生活浅薄的象征。这一点，
恰恰彰显了我们这个民族达观开
朗的可爱天性。尽管陶渊明只有
一个，可是，拥有陶渊明一般生
活智慧的中国人在市井或乡间到
处都是，只是他们不会写诗罢了。
所以，中国人往往不把陶先生当
成文坛巨匠一样崇拜，却把他当
成一个可以推心置腹煮酒畅谈的

老朋友，即使是那些历朝历代的文坛巨匠也是一样。

每个中国人心中其实都有一片田园，每个中国人其实都擅长陶渊明的那种从容的微笑。当然，我也相信，美国人也都是吹着口哨的惠特曼，咱们地球人这几百万年就是靠这样的微笑活下来的。话说得太大，题扯得太远，甚至我的立意有些自相矛盾，没关系，我只是想说，现代人啊，就算过得再现代，我们也是人，别忽视我们最原始的天性，愤怒或压力太大时闭目养养神，失败时念念田园诗。要得到的和将失去的，若计较不清，索性就关掉心里的那个计算器，回到桃花源去享受一会儿清净，让天空洗洗自己的眼睛，让乡谣清理自己的耳朵，不问名利成败，独享清朗的心境。从苦行中跳脱，是我们必经的智慧修行。现代的陶渊明们，我们都行！

用一公升的眼泪
探求生命的意义

　　看完日剧《一公升的眼泪》之后，心里一直隐隐不安，有些话想写下来。

　　这部戏的剧情源于上个世纪的真人真事：美丽而年轻的池内小姐面对残酷的病魔坚强斗争十年，直到生命最后。她依靠顽强的意志用渐渐被脑部病变折磨得几乎瘫痪的身体，写下她十年的心路历程，并出版《一公升的眼泪》，留给世人回味与思索。

　　十年间的每一天，她都将自己的抑郁和痛苦、希望与向往、幻想与失落、欢乐与悲伤，以及炽热的亲情、幻灭的爱情，用扭曲的字体记录下来。这些珍贵而真实的日记，不仅成了她自己生命依然闪光的证明，更带给无数像她一样身患绝症的苦行者继续活下去的勇气和力量……

我在想，我自己每天的生命，本来也有可能活得更有意义。

我呼吸的每一秒钟，本来都有机会感觉到更真实地生存在这个世界上的可贵和美妙。而我却如此自大，以为每天忙碌的所作所为，远比自己的所思所想更为重要。

脆弱的灵魂被纷繁的世事埋没，与生俱来的灵感在被现实欲望填满的生活夹缝间寻求着出口……

看不到光明的盲女"叶子"反而比我拥有更多单纯的快乐；无法自理生活的池内小姐竟然比大多数正常人拥有更有意义的精神生活。

用我幸运拥有的健康而复杂的感官系统去触碰和应对喧嚣的世界，反而成了我心灵麻木的借口。

每一秒钟，就在那些对现实世界的患得患失中流失而去，在被动的喜怒哀乐中被时间遗弃却不自知。

"一公升的眼泪"是苦涩的汇聚，然而，相对于这个世界上所有平凡生命的来来去去，为眼泪所付出的代价和为代价而付出的眼泪，哪一个更有价值呢？

我会继续思考，我也必然会在琐碎间继续浪费掉许多时光。一个曾经活着的生命对于所有的一切，到底有怎样的意义？我，无法回答。

我只希望自己，不浪费每一片刻的宁静，用思索，让渺小的生命微微增值。

感悟三则

百年和一秒

对于一百年来说，一年可以忽略不计；对于一千年来说，十年可以忽略不计；对于一万年来说，百年可以忽略不计；对于很难活到百年的我们，对于我们跳动的心灵来说，忽略一秒钟，都是令人遗憾的！

成功的证明

　　回首这些年来走过的路，经历着人生中的巨变。每一次的表演，每一次的访问，无数在飞机上消磨的时光，每一张向我微笑的年轻的脸庞。我们的"艺人表演"愈见成熟，几万人的体育场表演已成家常之事，这些是我们必经的考试吗？它们真正属于我的生活吗？长久以来，疏于沟通自我，创作状态后滞，新买的设备没时间磨合……那么，存款日进斗金是成功的证明吗？走在街上被指认或包围是成功的证明吗？应该不是。完成一次透明的生命体验才应该算是成功吧。

　　自信源于自我满足。然而外来的虚无的荣光真的可以令我满足吗？最终是不会的。但，看到家人骄傲的笑容，是令人满足的；听到朋友真诚的赞许，是令人满足的。现在的处境利于人保有自信的生存状态，让心中不断展现或华丽或单纯的期许，实现梦想的过程应该是很美的生命过程吧？固有的隐忍主义的乐观，我想也应该值得赞叹。

忙与盲

"忙"，好有趣的中国字，去掉左边的"心"，就是"亡"字，是不是创造文字的先辈们在用它提醒我，不用心，不上心，一切都将不再有意义，将只剩下一个"亡"字。

"盲"，又一个有趣的字，去掉下边的"目"，也剩"亡"字，一定是创造文字的先辈们又用它提醒我，细观察，细留意，一切才明明白白真真切切，才是"活"的，而不是"亡"的。

真的很忙，忙得最近回家只有倒头就呼呼睡的份儿，会不会"忙"得"盲"了呢？忙得看不到"真"，李宗盛大哥写《忙与盲》那首歌的时候，应该也和我一样，心中有些无关紧要又尤为深重的困惑吧……

03 逍逍遥遥笑看天地

形单影只的人未必孤独，前呼后拥的人未必富足。
我们都已出发太久，现在才发现路无止境。

不抽二手烟，不做二手人

我要在一篇文章里说两件不相干的事情，望诸位理解。

不抽二手烟，在中国暂时有些难。就连那些戒不掉烟的好友们，在明知我最厌恶吸烟的情况下还经常不自觉地骚扰我呢。更别提我行走江湖到处闯荡，几乎每天都会在不同场合被二手烟欺负，却还得强忍着，不能发飙，甚至还要用谢绝而非犀利的言辞推挡人家送烟到嘴边的美意。

我一直觉得，"发烟"这个在中国被普遍归类于礼节性范畴的行为，特别有"中国特色"。这个在各种人群、各种场合成为规范化的见面礼节，我在其他国家从来没有见过。递一支烟给你以表敬意或问候，是在什么时候开始成了国人通用的礼数？我无处查找渊源。只是隐约记得，那个一招手就能让举国欢呼的伟人在各种场合出现时，手里总夹着一根烟卷，于吞云吐雾中指点江山、运筹帷幄。虽不能拥有伟人的智慧，总可以模仿一下伟人的姿态吧。不知"发烟"这个礼节是不是从那个时代开始的？

如今，我们国家两千多万亩的烟草种植土地，都无法让中国三亿多烟民过足烟瘾，每年都要花海了去的外汇进口香烟。我看那丰厚的政府和地方烟草税收，并没让两千多万亩土地上的农民比其他地方进步多少、富裕多少，也没见给全民肿瘤和心脑血管疾病等烟毒诱发病的高昂医疗支出帮上太大的忙，倒是成就了不少"上市企业"的报表和电视台里的那些不知所云的广告。

抽烟的朋友们，你们既然习惯了当着我们这些非烟民的面肆无忌惮地送上"二手烟"，就必须耐着性子听着我在这儿发牢骚。你不惜命我惜命！中国拥有烟草文化的四百年，正是从极度繁荣到特别落后的一段下坡史，如今重新崛起的中国有没有勇气和烟草说"不"，有没有勇气承认烟草实乃致命的慢性毒药这个事实，足以证明我们有没有重回世界领头羊地位的决心和毅力。"国富则民强"讲不通，我说"民强则国富"才对。什么时候"发烟"的礼节在官场、在商界、在中国的各个角落，真正变成了"不以为荣，反以为耻"的行为，我们也就离真正的民强国富不远了。

接下来，"不做二手人"的这个话题，很可能是空谈。

严格意义上讲，几乎所有人都是"二手人"，不自觉地把别人的文化当成自己的文化，把别人的观点当成自己的观点，把别人的知识当成自己的知识。别人说什么，别人做什么，决定着自己的一言一行、一举一动……我猜只有人猿泰山才可能是纯正的"一手人"，不过，他的成长环境也决定了他难免是一只"二手猩猩"。

所以，我只是想让自己多一些自由意识和自由认识的空间。听完别人说的话，看完别人做的事，放下书本时，关掉电视机时，拔掉网络插头时，好好搜索一下自己的脑袋里，除了别人想让我知道的，我还知道些什么？冷静地扪心自问，除了别人教我要拼命索取的，我自己想要的是什么？安静地侧耳聆听，除了别人在我耳边塞满的各种热闹的杂音，我自己还能听到些什么？

我承认，就像郭德纲声称自己是"二手的科学家"一样，我是一个"二手的音乐人"。几乎所有的音乐元素和创作技巧，还有所有的演奏乐器和乐器的演奏，都不是我首度发现或专利发明的。我听过了甲壳虫和卡朋特，才对自己写的旋律有了好不好听的标准；唱过了罗大佑和李宗盛，才对自己写的歌词有了一定的苛求。就这样，我在当代媒体鼓噪的八卦里探索着娱乐界的易经阴阳图，有时候津津有味儿，有时候又超级无趣儿。做不了"一手人"，又不甘当"二手人"，我情愿是个"三手人"，过滤掉那些生活中害我笨拙和苦恼的杂质，消化掉令我聪慧和欢欣的所有"二手资料"。选择权在我自己，这一点点自由足够我开怀一辈子的了！

2009 年 6 月 28 日
凌晨于桂林

糯米和粽子

　　把洗干净后的糯米粒儿塞进竹叶编出的四角空间里，糯米粒儿被紧紧地挤在一起。到了这会儿，仍然是谁也不挨着谁，等到被送上了蒸锅，水开了，煎熬开始了，糯米们终于慌了神儿，情急之中这才紧抱住彼此不放手，直到粘在一起不分你我，历经磨难后，终于"团结"修成了正果——粽子。

　　君子之国，礼仪至上，礼让为先，自古以来，莫不如此。各自安

好，各自为政，互不干扰，互不关心。不知大家知道不知道我要说的是什么？我们今天吃粽子时又会记起屈原这个名字，念起他那些伟大的诗篇，感叹他投江时的愤懑、自尽时的果敢……可令他行此壮举的正是那个时代糯米般的国民们，他们只关心"家亡"而非"国破"。我们这个历史悠久的古国，从来都不缺做粽子的糯米，也从来都盛产事不关己的国民，对历史中遍布各个朝代的外敌从来都不缺礼仪之邦应有的忍让。于是，觅不到知己的"屈原"们投江了，国人包起粽子赞美他，纪念他，当外敌又肆无忌惮地来袭时，非到把他们集体性地打压、煎熬到生命的边缘的一刻，他们才会彼此相融相契，粘合出本该强大的爱国力量。

七十多年前，当外强霸占东北平原的时候，"糯米"们没有意识到"家亡"的危机就在眼前，很多个"屈原"悲愤地倒下了，才换来同心协力的抗争。我又想起死亡集中营奥斯维辛，被整屋整屋屠杀在毒气室的犹太人，丧命的一刻一定也是彼此紧抱互不撒手，悲愤惜别，可有没有一滴眼泪是为了他们那个没有归宿的可悲的民族，是为了早该彼此扶助共对外敌，也许可免眼前大难的悔恨而流？犹太人和中国人都是著名的聪明的种族，他们的个体犹如每一粒充满智慧的小糯米，只可惜他们整体的粘合力低下。正因此，近代的中国让后人充满耻辱感，而当现代的中国让我们越来越自信，越来越自豪的时候，作为一粒爱国的小糯米，我在吃粽子怀念屈原先生的时候，号召其他的糯米同胞们：国家越强大，越要努力自主自发地粘合，外敌才更不敢找上门来……

　　今天借着端午佳节，胡说了些话，懂我不懂我的各位都请见谅了！屈原先生，见谅了！

2006 年 5 月 31 日

另一种捐助

洪水、家、孩子、希望……北京这些日子的天气反常得很，好像进入了江南的梅雨季节，不知不觉，我们经历的四季气候和从前越发不一样了，每个人都有同感，这种同感又总被大家在不经意间遗忘。

此刻，太平洋上空又在孕育新一轮的风暴，等待时机到我们聚居的大陆上来肆无忌惮地狂飙，中国人和中国人的家园不知又要面对怎样艰难的考验。之前几个星期，在荧屏上经常看到一幕幕感人的画面：襁褓中的婴儿被英勇的战士们托举在汹涌的洪水之上，转危为安。仔细看看，那些身着迷彩的勇士们大多也还是一张孩子的脸庞。每次看到此景，都禁不住潮湿了眼眶……

洪水肆虐地冲毁了家园，孩子仍安然无恙，并在家园重建中继续成长，长大的孩子会像曾经保护过他的人们一样，面对未来的灾祸挺起胸膛，为了他的孩子，为了孩子们的希望……

问泉

　　人类天生就有着一种讨价还价的本能，柴米油盐、石油、核武器、联合国宪章……到处彰显着地球人的这种天分。一百多年来的加速科技发展和全球化合作，让政要们在关于环保的会议上继续讨价还价。而大自然却没有人的这种天分，它不懂得我们的这种讨价还价，而是用两极快速融解的冰山，用被工业化捅破的大气层在讨价。于是，被改变的海洋联合被改造的空气开始向脆弱的地壳施压；于是，有了愈发频繁的海啸和台风向现代文明讨要人类必须付出的代价……灾难过后，那些滞后的悲天悯人的反思，对于未来不可预测的灾难又到底意味着什么？

　　为了不让将来的孩子们失望，现在需要更多人不放弃自己的希望。向在天灾中丧生的人们默哀，向在洪水中拼搏的战士们致敬，除了讨价还价，我们还有一种可贵的本能——互相关爱，彼此扶助！慈善，不仅仅是捐钱捐物，你若慈善地对待大自然，就已经给未来捐助了一份希望！

2006 年 7 月 25 日

愤怒是什么？仇恨是什么？

　　有时候，我回首人类历史中无数次的纷争和战乱，无数"小我主义""我集体主义""我区域主义""我种族主义""我教派主义"，甚至是"我洲际主义""我国际主义""我意识形态主义"等等……好像活在世上的每个孤独的个体总要本能地找到自己所归属的阵营或集体，才能抓住生命的真实安全感和存在的意义，甚至要通过非理性的与其他阵营或集体的竞争来寻求更强烈的归属感。

　　比如说，我小时候会和自己家门洞的男孩子们在一起玩耍，而住在其他单元的男孩子们就是我们的假想敌和各种游戏的对手。有一天我们大院外的男孩子们来找碴儿，那么这两组人马上就会团结起来对付外来的"敌人"。不仅我们居住的地域是彼此区隔的因素，我们的星座、血型、性别、语言、肤色、信仰，甚至一些更模糊的文化差异，往往都成为我们忠于自己"我××主义"的理由或心理暗示。从

众的本性和缺乏独立思考的普遍缺陷，更造成人类社会历史上五花八门的盲目冲突和伤害。著名的例子如法西斯纳粹笼罩下的集体非人性残暴行动，就是那么的匪夷所思又不可避免。就连战争本身，隐藏在国家或地区经济利益竞合后的隐形诱发因素，也是这种对异己文化的敌意和恐惧。我悲观地幻想，全世界联合起来成为"我人类主义"的时候，一定是科幻片里外星生物来袭的场景成为现实，或者是地球生存环境衰亡开始可怕倒数的那一刻吧。

可悲的是，每个渺小的生命纵然可以理性地看清这些本质，也难免卷入他所处时代的暴风眼中，不由自主、随浪沉浮，更难逃"我×××主义"泛滥后那一场场冲突中带来的你厮我杀、生灵涂炭。剩下的就只有一代代的冤冤相报和看不到平息可能的"正义"争论，而"正义"往往又是那么的狭隘、无知、可笑与卑劣……

愤怒是动物的本能，某一刻的爆发不由自主，是为了保护自己的本性使然；而仇恨，是高级动物——人类的本能吗？它不是"愤怒"那种即来即去的冲动，而是压抑积蓄的，甚至是可以精算方针的冷静的报复行为，它可以很平静，它可以"十年不晚"，所以，愤怒并不那么可怕，人类彼此之间将愤怒借"我××主义"滚成的仇恨雪球才是最可怕的，因为人类到今天都没能凭借自己的知识和经验找到改变彼此仇恨的有效方法！

2009 年，在中东，在东南欧，在东非，在东南亚，在中亚，在中美洲……源于宗教和种族间隔的大规模对峙和冲突还在继续着，有些仇恨的诱因甚至可以追溯到千年以前，那些将仇恨诠释得合理化、合法化、合人性化的典故或事件早已成为斑驳不清的印证，而高举它们的恰恰可能是最蔑视情理与法制、最不尊重人性的个人或群体。

透过愤怒我分析现象的原因，透过仇恨我却难以看清这些原因的本质。

个人自省很难救赎社会，社会反思也很难救赎整个人类。人类文明就以这种残缺的方式粗暴地生长了数万年，我们在彼此设立藩篱和仇恨中也进化得越发高级了。

作为难免"我国中心主义"的渺小的我来说，我只能默默祈祷，为和谐的中国。

公益是一门"生意"

　　胡润公布了新一期的中国富豪排行榜。若是用娱乐的眼光来看此榜，我们大可不必查究其数据内容是否精准，因为，对于绝大多数市井百姓而言，拥有一个亿的和拥有一百个亿的都是令人眼红的有钱人。很难在当下的国人中给"羡富"和"仇富"的两种群体心态划分出比较清晰的界限。当代的财富狩猎场实在是乱象丛生、一团迷糊，让旁观者甚至是场上的猎手也理不清楚其中真实的角逐规则。当然，还有一点很重要：由于历史和政治原因，富人阶层中绝大部分是第一代爆发性的新贵，他们的财富累积过程都不超过三十年时间。排行榜榜上有名的各位大款们还来不及梳理自己狩猎的经验，都还沉溺在暴富所带来的骄纵和惶恐之中，全社会又怎能用冷静的心去面对这个令人眼红的排行榜阶层？

　　这不，唐先生站出来了。作为一个游刃有余于财权阶层发言人身份的聪明人，他自如地从国际纵队回归中国乡土，深谙洋务辞藻及理论使他可以很轻松地撬开本土新财权阶层的储钱罐儿。对于唐先生本人来说，不知这是商业理论中国版的升级，还是相反方向上的粗简冒进……

借机借势鼓动中国版的"盖茨基金会"正是时候。即使这一惊动中国的慈善开篇巨制被某些舆论打压成了沽名钓誉的慈善炒作，我还是从中看得出一种开放式的野心，一种试图绕开传统官商合作机制去承担社会责任的理念，一种商业企业对于未来长期多赢机制的美好预期。

在唐先生们透明地公开近期和中期公益项目推行计划和预算之前，我们没有任何急于批判的依据和必要性。不管盖茨捐了多少钱、治了多少穷苦人的病，依然会有人指责他的基金会逃税以及慈善资金应用不当。这个世界永远不会就一个人或一件事达成整齐划一的认同或者否定。如果我们大叫道："他们"通过基金会逃避所得税和遗产税，"他们"通过公益项目的预算和执行"洗钱"，而这个"他们"的名单连我们自己都不敢确定，那么我们这样的高谈阔论就只能是红着眼睛仇富、打着民粹大旗包装自己不平衡心态的恶作剧。毕竟，在我们的国家，民间互助行为所需要的群体共识和对于公益事务的认知度、参与度还处在萌芽阶段。掏五百块钱助学是为人称赞的善举，捐数十亿成立自己企业的慈善基金会就要成为众矢之的吗？

我这篇不存在立论也没有多少论据的文章只是想告诉大家，公益

是一门"生意"。它既是一个企业值得投资的生意，也是一个社会值得推动的生意；它既是一种企业花在社会责任和名誉价值上的反哺性的消费，更是一种帮助社会达成和谐共识氛围的特效保健药。在这个比喻中，慈善公益这种保健药最最适合"传销模式"了。那么，多几个唐先生这样的传销上线，又有何妨？

2009 年 10 月 23 日
于宁波至北京的飞机上

想做英雄，暂且不论英雄

昨晚，我在江西庐山脚下陶渊明先生的故乡表演，心怀"悠然见南山"的情结，今天在奔赴郑州之前，抽空去游历了"飞流直下三千尺"的庐山瀑布，还参观了始建于南唐、后因朱熹理学而昌盛的白鹿书院，心中颇多感慨……

千年古树下，早已难觅历朝历代因争名夺利而留下的战乱遗址，却见矗立千百年的朗朗学堂一次次地被翻修，不倦地被仰望。

这就是我们中国人生命根基里最最厚重的力量。

尽管人类本身的历史就是一部此起彼伏的战争史，但我还是很自信，中国人最最善于运用包容的力量去跨越时间、地域、族群与历史的隔阂，去解决一切内忧外扰。我们血脉里的这门功夫，一定比选黑人当总统的美国人还要强！

今天一整天，我都在为一件事而兴奋不已，那就是陈云林先生优雅而睿智地完成了他的台湾破冰之旅。他好幸运！时代磨砺了他，也选择了他，今天将是令他回味一生的最荣耀的一天！一个人用十几年的心血为自己的民族完成一件有意义的事情，云林先生，我羡慕你，并为你喝彩！

同时，再看看这两天一直用谩骂和鼓噪为云林先生台湾行做配角的那一群戗声喧天的同胞，又不自觉地为他们感到惋惜。为民生而高呼的人可敬，为乱政而号叫的人可恶。

我想送给这群被我戏称为"民粹党"的朋友们一句劝告：想成俊杰，先识时务；想做英雄，暂且不论英雄。

明天，我要排练一整天，为了羽泉十年的巡回演唱会；

明天，我们还有很多的明天。

为了明天，中华民族需要更多令我们感慨的"云林先生"，绝对不要那些令我们惋惜的"民粹党员"。

　　　　　　　　　　　　　　　　　　　11 月 7 日凌晨一点
　　　　　　　　　　　　　　　　　　　于河南郑州

为什么音乐圈没有真正的行会?

昨夜,去亚东的棚确认新专辑作品之一《不弃不离》的缩混,一进门,看到微醺的羽凡和亚东两个人正在大侃特侃,彼此发着"艺术家"之间的牢骚……

是酒后吐真言还是酒后胡言,听者看客自己琢磨。牢骚内容列举如下:

"SP怎么就敢睁着眼睛说瞎话?这帮人吃饱了以后连牙缝里的肉渣都不舍得吐出来!

"哪有真正透明的词曲版权结算账单啊?连大牌歌手都拿不到钱,更甭提我们这些写歌的了!

"圈里面有人组织研讨会讨论音乐圈的出路,会上竟是一群彼此看不顺眼,互相翻着白眼的人!

"有些大佬一边拿艺术家们说事儿运作上市,一边背地里把艺术

家当傻×，还好意思打着旗号说是最为娱乐圈未来着想的人！呸！

　　"那帮人凭什么拿个××部的萝卜章就敢出去向卡拉OK收钱，我们怎么不知道自己什么时候成了他们的会员，明目张胆大言不惭地替我们收钱。一个包间12块钱的版权费，要除以中国所有写歌的人头数儿再分配，来个均贫富吗？扯淡！……"

　　……

　　想当初，亚平宁半岛上拥挤的作坊里，在一片意大利式的牢骚中，有位聪明人一边附和一边思考着自己和眼前这群人的生计出路，竟想出一个周密的制度和大家约定，以共同对付可恶的城邦贵族……行会制度的产生，听说不仅解决了手工业者的共同利益问题，甚至衍生出兄弟会——黑手党们的祖先。这么说来，弱者的联盟可能会筛选出弱者中的强者代表，或者，本来就没有强者，只是弱者们不甘示弱的表象罢了。

　　前阶段，我收到区统战部组织的"新阶层联谊会"的活动邀请函。"新阶层"——好有创意的称谓！当时没能抽出时间去参加"新阶层"的聚会，很遗憾。估计出席的话可能会结识不少的城市新贵族吧。

　　我反而觉得，我们国家的新兴企业主们倒是不必忙着结识其他行业的新富们，真正该结识的是自己的同业们，好好聊聊所在行业的发展前景和钱景，这比盲目炫富或羡富务实得多。

　　话再说回来，等可爱的羽凡和亚东发完牢骚，我们也该好好琢磨一下更务实的突破现状的办法了。流行音乐产业发达的国家自然有权威性的音乐家协会或唱片业协会。在中国的流行音乐产业没有形成真正的规模工业化之前，我们有可能预想自己的行会规则。老一辈音乐工作者因为传统委派创作体制和艺术家政府包养体制的延续，理应维持现有的文艺家联合会或其他创作者协会制度。而靠市场机制、商业规则运营和维持生计的文化机构或艺术家，这些没有组织可以依靠也没有必要找到组织去依靠的创作者们，完全可以探讨出一种新的合作思路，一个充分透明的机制，一份合理保护个人利益的集体契约，一种新形态的行会的雏形。在 80 后、90 后WEB2.0 的交互创作时代，我们更需要建立真正与时俱进的行业准则和利益分配机制，给所有年轻的创作者一个真正平等的创作空间，不再有拿"专业"打压"不专业"的歧视，不再有拿"资格"剥削"没资格"的暴力。

　　文人相轻，是中国人的传统吗？什么时代了，大家都过得挺有压力的，就别再给彼此添堵了。牢骚不能当饭吃，音乐圈已经惨淡和荒诞到如此田地了，想不出办法也得想。

　　行会不是狂想，各位同志仍需努力。行会不是黑社会，各位大佬不必害怕。

2009 年
儿童节的早晨

评论二则

别介意自己能做什么

每次灾难过后，网上都有好多好多的纷纷扰扰和写写骂骂，关于灾难中和灾难后每个人的所作所为，互相指指点点，评头论足，有做道德或不道德评比的，也有做善行或恶行评价的，这么多人花这么多时间品评这么多事，还要花更多人的时间和眼球去关注，"语不惊人死不休，来而不骂非礼也"……与其站起来骂人，不如埋起头做事；别介意自己能做什么，只要是对需要帮助的人们有实际意义的，就去做吧。如果实在没有什么可以做的，就沉默地继续做自己，这样也比空头品评别人来得有意义吧。

太多中国人厌恶鲁迅先生笔下"乡愿"的同胞。可是，周先生的笔是革命的笔，当然要说出激烈的言语，点醒危亡之中的国人。试问诸君，此刻我们乐此不疲地相互指责和犀利评判是为了什么？

不以善小而不为，后天下之乐而乐，说起来容易，做起来很难啊。

2008 年 6 月 10 日

仇恨与道德

照片里的这个孩子不会知道他为什么如此无辜地离开人世。

而悲伤的父亲放下爱子后也许就会选择拿起火箭弹去轰掉令他悲愤的那"一群人"，不流血，不亡命，难解心中的愤怒。

仇恨如此愚蠢，比仇恨更愚蠢的是人类之间自以为是的道德差异，看上去我们唯一相同的只是拥有同样脆弱的灵魂。

而受伤的灵魂却酿出一出出噩梦般的悲剧，悲剧此起彼伏地上演，在狭隘的文明之间彼此侧目，互相撕咬，仿佛永无止境。

六十多年前，因为彼此绞杀了数百万的生命，不同的种族因为害怕那出悲剧重演而走向象征性的文明的联合——联合国。

可悲的是，"国"字在人类不同的语言和文字中都代表着划界，代表着种群的自私，代表着可能盲目存在着的民族主义、宗教教旨主义。有了"国"的界定，在不同的文字和口述记载中，对于为捍卫本国、本族或本教的"无私"行动纷纷给予褒扬，而对小族群的"无私"也许就是对大族群的"自私"。

加以各种历史缘由、宗教分歧、种族认同的借口，我们依然继续

着并不比祖先文明的文明……

　　也许我们永远无法真正地反思，因为爱所酿造出的仇恨永无止境。

　　联合国成立以来的数十年，全球各个角落有哪一年停止过纷争屠戮？

　　我为照片上的男孩而悲伤。

　　我更为人类的狭隘而悲伤……

2008 年 12 月 28 日
于贵阳

04 真正的成长伙伴

人生就是一场运动会，没有人可以独自作战。
时间很短，天涯很远。梦在彼岸，奇迹就在眼前。

我们俩

我们两个 走过风 走过雨

用眼神给彼此温暖

黑暗之中 不曾迷失彼岸

是因为 你的手在我双肩

洗去旅程的疲惫 你不倦的双眼

穿过我固执的脸 向地平线

你 注定是 上天给我的缘

你 已经是 我生命的另 一片天

你我共渡时间海的一瞬间

划出 最精彩的弧线

——摘自羽泉歌曲《我们俩》

我们俩，那些瞬间

最美的拥抱

2004 年在北京首都体育馆的"红五月"演唱会的尾声部分，全场的观众都在大声和我们俩一起唱着《最美》。刚刚唱完"你明了，我明了，这种美妙的滋味"，我和羽凡在舞台的一侧不自觉地拥抱在一起，这个拥抱应该持续了很长时间，一定很久……我们彼此抱得很用力，我闭着眼睛，享受着时间仿佛停滞了的美妙，热的泪充满眼眶之后挤出眼角和羽凡肩头的汗水融合在一起，瞬间感觉，自己身外的世界一片空白，喧闹的舞台和喧嚣的观众都在我的知觉以外了。这个拥抱的瞬间，应该是我和羽凡曾有的共同回忆，以及那些一起吃苦的幸福感的聚会。一直自称理性的我，对这个在舞台上少有的"失控"瞬间一直念念不忘，记忆犹新。那个夜晚，北京首体的舞台上，两个伙伴共享梦想成真的时刻。我们俩充满野心的梦想，也在那个忘我的拥抱之后，继续纵情地滋长……

"爱的阴谋"

三十一岁生日那天，本以为要在录音棚里平静地度过了。到了晚饭的时候，我身后的羽凡消失了，不经意间我发觉棚里所有工作人员的脸上都有一种异样的表情，顿时对羽凡的失踪心生疑惑。果不其然，有同事走过来怂恿我休息休息，去羽凡的"五月花"酒吧待会

儿，还有些朋友也会来一起坐坐。

刚走进"五月花"的大门，就听见一声声彩炮齐响，顿时我的身上就缠满了彩带，没想到屋子里已经挤满了同事、朋友以及羽泉北京歌迷会的成员们。酒吧舞台的巨幅喷绘上竟然是我大大的头像和"祝海泉生日快乐"的标语！耳边是大家齐唱的生日歌，羽凡站在舞台上的特大号蛋糕旁，"含情脉脉"地看着我，主持着我眼前这不曾想到的仪式！

于是狂欢开始了……

不是所有人都有机会过一次如此出人意料的生日party，我能够体会到羽凡密谋这一切时希望带给我惊喜的那种甜蜜，能体会我踏入酒吧前每个人屏住呼吸等待给予我欢呼的那种期盼，被这么多人爱着是多么多么的幸福，被这样一个世上无二的搭档用心关怀着是多么多么的幸运。

我的记忆里又多了一次"爱的阴谋"，我的生命里又多了一次"被爱的狂欢"。

人海逃生

有一次，在塘沽一个唱片店里签售，玻璃被人潮挤碎了，秩序很乱，我们知道没有办法继续了，试图离开。下了台阶以后，羽凡被人压在下面，我们当时真做了骨折的打算。公司的韩旭倒下了，保安也倒下了，几个保安根本拦不住人潮，后来警察很艰难地硬把我们拉了起来，才又回到唱片店屋子里面。以前在哈尔滨，我们在一人高的台子上面，至少人身安全没问题，而此时如果我们走出去，就有被踩死的可能。当时根本没办法签售，警察断然说不能签了。我们由唱片店后门打开一个洞，从隔壁一个家具店钻出来，因为没有后门，只好从人群旁边悄悄地走，可还没走出10米就被大家发现了。于是我们在前面使劲地跑，后面几百人拼命地追，似乎看不到尽头。最后，警察在路边拦下一辆车，我和羽凡上了车，警察也上来了，这样我们才逃离了现场。

当时一上车，我们就发现警察的衣服完全被汗湿透了，那可是大冬天啊！他说了一句我们非常害怕也非常开心的话："我当了这么多年的警察，从来都是追别人，从未被人追过，我从没见过这样的场面……"后来唱片部的老板和发行部的一位经理，因为事先没有策划安排好这 活动，以致出现这种险情，竟然被拘留了，这还成了一个事件。

我记得后来吃饭的时候来了很多官方的人，他们说："我们塘沽市的市长在回家的路上都走不动车了！""从来没遇到过这种状况，不知道是谁来了？"也有人说："这哥俩太火了！"当时主办方说我们已经离开了，歌迷都不信，派自己的代表进屋去翻箱倒柜地看，看床下，看各个地方，看我们是不是藏在哪里了。我们俩听说后，内心非常抱歉，觉得只有好好做音乐，才对得起这些可爱的歌迷朋友。

我们俩，趣事多多

羽凡被保安抓下了台

地点：河北邯郸体育馆

事件：羽凡唱歌时被保安抓下台！

起因：现场观众热情过度高涨，在三首歌的表演时间里，竟然先后有超过百人冲上舞台献花、拥抱外加索要签名，场面混乱到无法继续正常演出，于是，不知所措的保安小伙子们只好一窝蜂地冲上来对歌迷进行一对一的"围捕"。

经典镜头：保安之一——一个朴实的小伙子，头也不抬地认准了戴着帽子正在歌唱的羽凡是"捣乱分子"之一，拽住他不撒手就往台下送，单薄的羽凡几经挣扎终因"体力不支"被抓下了台……史无前例的趣事啊！慌乱过后，当他再次被请上舞台的时候，我们俩竟笑得唱不下去，只好向观众们抱歉了！

回味：又一次使我们津津乐道、回味无穷的表演经历。只是希望此种"趣事"再也不要发生了！

圆满中的一个错

某次，在辽宁的一次演唱会中，演出在热闹的开场曲中拉开序幕，我们用一连串的串烧歌曲掀起第一个高潮。第一节的表演顺利完成后，我们请出谢娜合唱那首《还剩下什么》，之后下台换装，用《深呼吸》开始第二节。很rock地唱完《狂想曲》之后，本来应该舞台黑场，场工把电钢琴抬上，接下来由我们合唱《感觉不到你》。可我却鬼使神差地以为，下面一首歌应该轮到羽凡一个人弹唱《难道》，而我应该按计划在黑场中下台，趁他独唱的工夫换另一套衣服再上台独唱《叶子》……于是，你们可以猜出结果了。

　　我跑下舞台直奔更衣间，开始迅速地脱衣服，而那一刻，羽凡和乐手们在被迫延长的前奏中在舞台上苦苦地寻找着我的踪影，等待着我的出现……最后"绝望"的羽凡只好开口替我唱起了那句本该由我开唱的"我怎么感觉不到你……"，尴尬地继续着本该是两个人的表演。

　　台下的观众却毫不知情，想必那一刻羽凡真正想唱的是"我怎么找也不见你……"

　　在这儿我要再次对羽凡高呼一声："Sorry！下不为例！"

问泉

↑ 年少的我们

↑ 一起走过十五年

我们俩，一起走过

懂得分享的人，一定能够收获更多；

懂得包容的人，一定能够分享更多。

这些为人处世的观点想必是我和羽凡合作以来最大的默契。

我们珍惜着彼此的不同，呵护着彼此的差异，一路分享，一路包容，才有了今天。

回想起当初刚刚因志同道合走到一起的时候，我们甚至在穿着上都会彼此靠近，买同一款样式的鞋子，穿同一款样式的T恤，两个人意气风发地走在北京的大街上，很享受旁人视我们为"twins"的眼神，仿佛身边有了一个令自己自豪的兄弟，年少轻狂都写在两张脸上。

而当我们有了更多创作上的交融和生活中的碰撞后，才越发意识到两个人从成长的环境到彼此的性格甚至交友的类型等等，都有着太大的差异……通常来讲，如此迥然不同的两个人，几乎是不可能有什么工作上的默契的，可是，天助我也！我们俩的万分不同在音乐创作上展现出来的不同结果，竟然成了我们彼此吸引、互相欣赏的巨大魅力。我爱羽凡在音乐中那份我缺少的激荡高亢、电光火石般的冲动呐喊；他爱我音乐中那种他不擅长的婉转如虹、雨后清溪般的低吟浅唱。从早期合作的《冷酷到底》和《最美》，到后来的《不再爱》和《City Story》，羽泉的音乐中处处都并存着这两种温度、两种血脉、两种个性。音乐上的羽泉很像两个长了不一样脸庞的连体婴：两颗心脏在同一个躯体内同时跳动，而神经、血液，乃至肢体都一荣俱荣，一损俱损。我们之间的默契和合作智慧，来自于各自生活空间的完全自主和自由，来源于各自音乐创作的完全自主和自由。

我们常常讲：羽、泉两个人就是两个圆，它们相交重叠的部分才是羽泉，所以，每个圆各自的无限放大，才能让重叠的部分与日俱增。于是，大家今天除了看到羽泉音乐创作和表演的报道之外，还会听说羽凡开动画公司、经营酒吧、出演电视剧、写话剧音乐……而海泉又担当了哪个歌手的制作人，海泉经营的EQ唱片公司又发了多少唱片，又签了哪位艺人……读到这儿，朋友们应该不会再因羽泉越来越多的"单飞"之举而为我俩的继续合作而担心了吧？

给MJ的瞬间

在我记忆和评价的系统里，有影像记录的世界范围内，以下两位是绝对具有跨越时代影响力的巨星中的巨星，一个是黑白的卓别林，一个是彩色的迈克尔·杰克逊。他们鲜明的形象不仅成为整个时代的象征标志，他们创造的艺术作品更将成为后来各个时代不倦回味的珍品。

每当我们身边某个"最熟悉的陌生人"突然离世，比如说早已分道扬镳、形同陌路的亲人或旧友，我们总会在扼腕叹息之余给逝者送上迟到的关怀，并不再吝啬自己对他的赞美，收拾起曾经对他的抱怨和成见，以粉饰那些莫名的愧疚感，此乃人之常情吧。

迈克尔不再需要我们追加给他更多的赞美了，那只会增加他的悲剧色彩。原本他随岁月老去这个事实，对宠爱他的世界而言就是一种无法挽回的损失，这个给他无限自由的世界早已剥夺了他几乎所有的自由。人类就是有这个令人尴尬的小毛病，所以才会上演那么多将凡人神圣化又顷刻导向妖魔化的闹剧。从 20 世纪 70 年代初到 2009 年短短几十年间，迈克尔版的闹剧也概莫能外，他非凡的才情和创造力、他平凡的个性和人生追求都被这场闹剧淹没了，似乎没人真正懂他，又仿佛他越发不懂这个世界。他犬居在象牙塔中日益古怪，没人与他同住他的那个桃花源。他的小毛病都是他对整个世界的大伤害，就因为这个世界曾给了他最高规格的崇拜和最最无私的"爱"……

死去，才可以停止无效的抗争；死去，才利于人们无情又任性地去继续将他神话；死去，他人生的失败就华丽地转为胜利；死去，人们窃窃私语的尖酸刻薄就滑稽地转为动情的哭泣，所以，我温柔又矫情地说，你死了就好。

迈克尔，你唱的"it don't matter if you're black or white"，是真的吗？也许只有你那残存的童真部分还情愿相信这个世界有黑和白的界限，并能够善意地穿越。这点儿童真，终究撕碎了你自己筑的梦，你竟然成了自己童话中的独角怪兽，放浪恶行在无黑无白灰暗无边的世界中。所以，你现在的离开，很可悲，假若你现在不离开，将更加可悲，这就是这出闹剧的真相。

我小时候自学练习的第一首钢琴弹唱歌就是迈克尔·杰克逊《Bad》专辑中的《I Just Can't Stop Loving You》，尽管过去或今天的悲剧无可挽回，感伤的追念对他的不幸也已经没有任何意义，但我还是想再唱一句："Michael, I just can't stop loving you ……"

于 2009 年 6 月 28 日夜

听李明讲那从前的故事

今天下午在全体队友的强烈要求下，我们改变计划，没有去参观海德堡大学，而是驱车杀回了法兰克福。为了给后天与本地中国留学生举行的友谊赛预热，我们在歌德大学的体育训练场踢了一场"酣畅淋漓"的教学赛。之所以给酣畅淋漓加了引号，是因为下午六点钟的法兰克福依然闷热难当，景岗山、罗中旭、黄征、郭涛、周晓鸥、栾树他们索性脱光了上衣组成了"无上装"队，而我则被分在了"有上装"队一边。

"无上装"队的队员们非常"断臂"地互相擦拭过防晒油后，叫嚣着上场了！

"有上装"队的队员名单里，有不知怎样才叫"越位"的前锋——夏雨；另一名前锋是不知什么叫做"配合"的独行侠——孙楠；两名"疯狂老鼠"级别的前卫——高旗和陈羽凡；三名踏实肯干的后卫——高峰、黄格选，还有我。几经拼搏，以"文明友好"球风著称的"有上装"队光荣地输掉了此次比赛，我糟糕的表现得到了陶伟和李维淼二位指导的一致肯定，估计后天的比赛是没法打首发了……听到"首发"这个生词，夏雨不懂是何含义，不耻上问，于是某前辈作泉语："'首发'乃是'首都发展集团'的缩写。"夏雨听后一会儿点头一会儿摇头，好不疑惑。

踢完球，我们马不停蹄地赶到一家中餐馆继续看球。上半场结束时，大家都在为西班牙落后于突尼斯一球而感叹西班牙球运不济，只有我和常宽预言下半场劳尔将会扮演逆转时局的大英雄，继续他"西国精神领袖"的神话。果不其然，看来我的"预言家指数"最近又有所上涨啊！

↑ 和朋友在 2008 欧洲杯现场

↑ "有上装队"若干骨干

↑ 与"首发"前锋夏雨

坐在我对面的前国脚李明刚刚跟着所有人欢呼过后，马上跟着的却是一声叹息，他说："在别人的地盘为别人叫好，真是有些遗憾啊，要是场上和西班牙厮杀的不是突尼斯而是中国队该多好，就是输球了也值得高兴。"

我看到李明眼中掠过深深的遗憾，眉头锁住的是不堪回首的往事，往事不愿再提却一提再提。他和我聊起上次让所有国人记忆犹新的亚洲杯决赛，那场本该给国人带来更多自信的比赛中，正是我对面的这个人打了中国队唯一的进球。可是他聊起此事时却丝毫没有兴奋之感，一副愁容。

我们今天为之欢呼的"西班牙灵魂人物"劳尔和我面前已经挂靴的这个曾经的"中国队灵魂人物"年龄相同，他们却有着如此不同的"足球命运"，于是一个问题便萦绕在我的脑海中挥之不去——

如果中国热爱足球的孩子们直到成为职业球员之后的大部分时间都能用自己的心更自由地踢球；如果我们向他们要的是真正属于人性的光荣而非上升到所谓"民族性"的虚荣；如果"资深"不再成为藐视和扼杀一切创造力与想象力的"借刀"；如果每个中国人都淡忘一些"胜者为王，败者为寇"的古语，建立起更豁达的有关胜负的习惯性思考方式；如果……那么……有可能，我对面这个锁眉踌躇的男人此刻正在电视屏幕里奔跑拼杀，可能，这一秒除了突尼斯百姓之外的全世界的欢呼，不是为了西班牙的劳尔，而是为了一个姓李的中国人！

写于 2006 世界杯期间

醒醒吧……

——写在某不靠谱的选秀之后

　　某晚 7:30 分，在深圳的某个剧场里，开始了某卫视同步直播的一档电视选秀节目的 10 强总决赛。而我和羽凡作为这次电视歌手选秀活动的合作伙伴公司旗下艺人，出席并担当专业评委。与其他选秀节目大同小异的比赛流程按部就班地开始了：PK——评判——PK——评判——PK……坦白地说，由于这个比赛的报名活动只是在某一个省内举行，参赛歌手也没有性别限制，从这些年轻歌手的舞台形象和歌艺舞艺表现来看，他们和制作单位都没能做最好的准备，因此所有歌者的表现都乏善可陈。但是，毕竟他们还是初出茅庐，临场发挥不一定能代表他们的真正实力，所以我们作为评审的发言尽量简短严谨地指出缺憾，更多的还是鼓励。其实，我们也非常非常地了解这群追梦的年轻人在此之前已经付出的心血和辛苦，也完全能理解他们身上所承载的巨大压力。可这毕竟是一个要得出谁走谁留的结论的夜晚。于是，专注地聆听他们每个人每一秒的歌唱，并马上经过比较做出对得起所有人的评论和决定，是我们除了了解和理解之外唯一能够做的事情。

可是令我意想不到、哭笑不得并且愤懑不已的情形在比赛进行到尾声的时刻发生了。

一个在比赛中演唱有明显失误的女孩儿被评委送上了待定席（想必大家都被各种选秀节目熏陶得明白这个环节是什么意思了）。而在她之后演唱的其他选手都表演得相对完整，于是，她在待定席上等待的时候可能已经预感到自己就是那个即将被淘汰出局的人，情不自禁地哭了起来。而且她也告诉我们，她最近一直在坚持带病比赛，所以没有上佳表现，自己特别遗憾。看此情景，我心里也有些替她难受，可是作为评委又岂能因为对她的怜悯同情而放弃自己更重要的责任，把令她啜泣的这份不太公平的命运转嫁到其他歌手身上去呢？

正当我皱着眉头准备公布最后这个无奈的选择的时候，突然，身边有人招手叫我，我抬眼看，是一张陌生人的脸。因为节目还在进行，我起初没有听清他对我说的话，但是，我却看到几个高大的穿着黑T恤的光头壮汉就围在这个人的旁边，集体怒视着我（典型的黑道兄弟出来办事的表情嘛），接着，我听清的话就和我猜测的差不多——"你们最好再给×××一次机会吧。"说的倒是"客气话"，可傻子都明白这是在明目张胆地威胁我！

那一刻，我的心是又凉又痛！光天化日，怎么会在这样的时间这样的地点发生这样的事情？还没回过神儿来，这帮"兄弟"已经被赶到的武警战士推开了。

比赛继续，电视镜头里看不到的一幕已经过去了。我以人格担保，这个女孩儿最终的落马不是因为我那已被搅坏搅乱了的心情。直到最后，她的那些"支持者"们粗暴的谩骂声都没有在场内停止过，一直骚扰着正在比赛的其他选手的耳朵，骚扰着所有在场观众的耳朵，也不断突破着我的忍受底线。最终我们在一群紧张的武警官兵护送下离开剧院。

之后才听说女生×××从海选以来，短信票数一直遥遥领先；听说她的家人在比赛过程中对她非常的"关心与帮助"；听说开大"买卖"的这家东北人在此地有一定的"影响力"；听说……

听说什么都不重要。重要的是，对孩子的这种偏爱、宠爱和溺爱，已经在这个晚上发展到了歇斯底里、肆无忌惮的程度。我即使苦口婆心地告诉他们"就算是这个孩子夺得了本次比赛的最后胜利，也离你们想要的那种成功远到不止十万八千里呢"！又有何用？急功近利、目光短浅的父母依然不会停止对他们掌上明珠的偏宠溺爱。"成者王，败者寇"的习惯思考会继续间接地重压在小女孩儿的肩上，让她未来人生的每一步都走得小心翼翼、裹足不前。世上真有一夜成名、一步登天的事儿吗？真的要这个孩子相信，世界上的各种成功会因为这次"捷径"而随时可能唾手可得吗？

为一夕成名而闹得鸡犬不宁的现实故事在我们的身边还少吗？花钱买名的人终究难逃和花钱买官的人一样的下场。最后恐怕会闹得鸡犬不宁，真等搞到鸡犬升天的时候，可就后悔也来不及了。

最后再说一句心里话——一心想当明星和星妈、星爸的朋友们！我因为这些年积累的专业经验得出了一句箴言，相劝如下：千万别因为这两年电视机里创造出了什么奇迹般的"灰姑娘"的童话，就坚信大街上的童话可以像笑话一样遍地都是，于是就要抛开所有，不顾一切地为了星途"大胆地往前走"了！

醒醒吧！珍惜快乐，远离烦恼。

五虎下山时刻

　　今天从新加坡赶到马来西亚首都吉隆坡参加了一场大型的慈善演唱会，对于此刻的我来说，这是一场意义非凡的演出！以至于兴奋得我到午夜时分仍不肯入睡……

　　今晚参与表演的嘉宾都是由陈秋霞女士亲自邀请到场的。请让我来介绍一下陈女士吧：与我同龄或 1970 后生人的朋友们可能对秋霞姐都相当的陌生。可是，1970 年代，她作为全能艺人可谓是独领风骚，无人可及。自创、自弹、自唱的流行歌曲首首都受到大众的追捧，在拥有如此不可多得的才华的同时，她又拥有超凡脱俗的美丽，石榴裙下人满为患，拥趸不计其数，受欢迎的火热程度与近年的"超女"相比可以说有过之而无不及。在电影《秋霞》中毫无雕琢的出色演技又让她毫无悬念地捧得了金马影后的桂冠！看到上帝赐予她的才华和美貌，所有人都会抱怨上帝为何会如此的"不公平"……可是，她却在

问泉

最最当红的时候选择了激流勇退，在整个华人世界的惋惜声中淡出了娱乐圈，嫁入豪门，相夫教子，从此不问江湖……一眨眼，三十年弹指间飞逝而去……

2005 年底，我和羽凡在香港的朋友打来电话，替秋霞姐转达她对羽泉的邀请。原来，她因为偶然的机会完整地听过了我们在 2005 年发表的创作专辑《三十》，对我们这两个后辈的喜爱溢于言表，而此时正值她筹备自己进入乐坛三十周年的纪念专辑期间，于是，羽泉便幸运地进入了这张唱片合作艺人的邀请名单。而作为内地唯一被邀请的艺人，我们俩也义不容辞地参与了这张唱片的制作工作。今晚，同台的都是"温拿五虎"、黄韵玲、李伟菘、黄家强等元老级别的音乐人，我们由衷地为能参与此次跨地域的音乐合作而感到自豪。

当然，"五虎"中的谭校长和阿B哥更是我学生时代的偶像。今晚，我们不仅光荣地和谭校长合唱了自己的作品《深呼吸》，更是如梦一般地亲历了"温拿五虎"的表演现场。要知道，让已年过五旬的他们再聚首登台是一件多么难得的事情啊！他们作为一只完整编制乐队的现场表演竟然还可以如此激情四射，张力十足！尽管我和羽凡是在舞台的后方观看他们的演出，依然情不自禁地跟着"温拿"的音乐手舞足蹈起来……

最后，晚会的谢幕曲竟是那首最最经典的《朋友》："繁星流动，与你同路，从不相识，开始心接近，默默以真诚待人……你为了我，我为了你，共赴患难绝望里紧握你手——朋友……"这首小时候最挚爱的歌，我竟然可以挽着年少时的偶像的臂膀一起高声唱完！看看站在我左边的谭校长依然年轻而神采奕奕的脸庞，再看看站在我右侧的兴奋得不能自持的羽凡，我好想把时间停留并定格在这一秒，这幸福的美梦成真的一秒，这全身心被音乐带来的幸福感彻底占据的一秒，这光辉的不可重复的一秒……

老鼠世界没有地产业咋分贵贱?

最近媒体朋友采访时总问我这一年的趣事有哪些?

细想想还真不少:战国足球队的连胜记录被一群老国脚们给终结了;度假时在威尼斯的中餐厅吃了一顿霸王餐;春节时有人传说我偷偷拍了婚纱照;在颁奖会上为兄弟"两肋插刀"最后被某些媒体插了"两刀"……太多趣事了,突然记起去年一位朋友向我哭诉他家豪宅闹大老鼠的事儿时无助的表情。说是趣事觉得自己有点儿幸灾乐祸的不厚道,听说后来在灭鼠公司的"美食"和大夹子下牺牲了几位"壮士"以后,老鼠们再没到他家光顾了,祝贺!

记得当时有人惊叹:"好几万一平方米的房子里也有老鼠?!"

老鼠语:"有!为什么不能有俺们?"

老鼠哭诉:"这里是一片荒土的时候就有俺们了;你们在荒土上种出庄稼的时候也有俺们;后来你们把庄稼又刨成荒地的时候俺们也

在；凭什么等到你们在荒地上堆出一堆水泥森林的时候就不容俺们存在了？还用吃的毒俺们，用大夹子夹俺们，把俺们往死里整！难道俺们也得花几万块买你们一平米的地方，每年再交一笔管道过路费才能放心出来吃宵夜吗？凭什么！"

是啊，人在这个世界上是第一个用钱把自己分成三六九等的动物，又用钱盖出不同的睡觉的地方，把三六九等再分个三六九等，这样也就罢了，竟然还问这么贵的地方也有老鼠？！难道老鼠去哪儿还要先问问房价吗？

不如像美国手把手地教伊拉克学习民主一样，也教教老鼠们学些金融学和地产知识，好让老鼠王国也尽早分出个三六九等！

2006 年 4 月 26 日

05 问泉

经营爱情和事业，热爱是前提，智慧是方法；
隐忍生耐力，豁达能持久。

梦想 · 事业 · 生活

@杨小同_SHOW：有一份在别人眼里不错的工作，可是需要为此而放弃自己的梦想，应该怎么办？

泉语：习惯那些不习惯的也是一种成长。脱轨去不太一样的地方，需要勇气，更需要谨慎的分析。就算去麦田做守望者，也要记得自己来时的方向。因为，周游梦境后，家会引你归航。

@然然童鞋：海泉哥，我是一个很没有耐心的人。很难坚持一件事，总是一个阶段一个想法。快毕业了，好害怕啊！

泉语：朋友，青春年少就是个试错的过程，别在乎别人说你三心二意，只因你还没有找到能够真正引领你的人和事儿。别急。

@笨本哈根：请问怎样才能调整在大局面前的紧张心态？

泉语：完整而丰富的人生才是大局，相对于它，你的"大局"都是小局，从容淡定、荣辱不惊是最好的状态。

问泉

@谁抢了我的幸福1987：泉哥，我在北京待了五年，现在想要回老家工作了，很舍不得，也很矛盾，我该怎么办？

泉语：对一个城市留恋，代表着这里还有让你牵挂的人，或者曾经的牵挂还没放手。心在哪儿，家就在哪儿。

@Miss-Robot-Rabbit：如果与梦想离得很远，那该怎么办呢？

泉语：你追不到太阳，不代表阳光没照在你身上。梦想是路上的光，不一定要在手上。

@崔远方：是否足够坚持、足够努力，就一定能获得成功？

泉语：这位朋友，坦白讲，没有人能保证你足够坚持、足够努力就一定能成功。但我保证足够坚持、足够努力的你，将会足够充实、足够快乐。

@撸西西：海泉哥，我想问你对幸福的定义与对幸福的理解是什么？拿什么去拿捏幸福？又怎样去评价自己是否幸福呢？

泉语：幸福，就是自己认为自己是幸福的。幸福无需比较，所以也就不用评价。基本上，不知满足，不会幸福。

@果果花_Cc：毕业、离校、社会、生活。学生到社会人应该如何转变？我如今仍找不到方向。

泉语：朋友，我认为，学生和社会人是从属关系，如同宅男也是男人。所以，你所苦恼的学生到社会人的转变问题不存在，转变的是你该尽快靠自己糊口了，加油！

@绿岛咖啡V：炮哥，理想和现实的距离到底有多远？

泉语：朋友，你问理想和现实的距离有多远？我觉得它们并不是一段距离的两端，而是两种生存必备的物质。理想是空气，吞吐不见踪影；现实是食物，维系我们新陈代谢的平衡。不吃不喝，人类生命可以维持一周以上；不呼吸空气，我们能活多久？

@Minoz-小乖：毕业至今我换了好几个工作了，都是做一阵就烦了，最近又开始纠结了。

泉语：朋友，你的"忙"很"盲"，难道就没有什么东西让你发自内心地想去做吗？只能说，你路上的每个目的地都不是你自己设定的。当务之急就是开始尝试靠自己去寻找自己的目的地，最好心中还能有个很遥远的理想。

@万岁红颜：现实和梦想哪个更重要？为了梦想放弃面包，还是为了面包暂时把梦想放在一边？还有一个问题，人一定要结婚吗？

泉语：朋友，答案一：饿不死就可以继续梦想，所以你需要面包。答案二：没有谁不结婚就没法儿活，但为了别人而结婚，恐怕最后会"没法儿活"。

@想东想西开小丽：还有十六天就要和学生生涯说再见了。初入社会，你觉得此时的我最需要的是什么？

泉语：朋友，上路前最好数数自己背包里带了多少干粮。能走多远，取决于你自己的准备。刚一上路就特别顺利是不正常的，因为下坡路最顺利。

@Memory_伍晴晨：对理想学不会坚持怎么办啊？

泉语：朋友，理想不用坚持。追逐它源于不可抑制的渴求。想靠苦熬求得的，不叫理想，叫欲望。

@chitty晨：泉哥，我马上就大学毕业，离开家四年了，真的好想快点儿回去陪陪爸妈，想在他们身边照顾他们，可又不甘心，想出来闯。我真的很怕回家后再出来就不那么容易了。

泉语：只有不回家才能实现理想吗？如果是，离家与思乡将是为理想必须付出的代价。没有不会飞的鸟，没有回不去的巢。

@璃_Sue：大炮哥，很多时候我们都会遇到一些不如意的事情。逢此我们便会说"顺其自然吧"！也会说"该争取一把啊"！那在你看来这二者矛盾吗？究竟该怎么取舍或平衡呢？

泉语："争取一把"是必须的行动；"顺其自然"是必备的心态，不矛盾，要并行。

@圈圈地盘：泉哥，我想知道追梦的路上太累了要怎么坚持呢？

泉语：这位朋友，我告诉你：没有梦可追的路也不会轻松，只不过，同样的累，有梦的人睡得比较香。

@C妞陈思怡：泉哥，你有没有那么一刻，觉得累了、乏了，什么都不愿去想了？我现在就是这样。找不到自己的目标了。

泉语：我和你一样也有倦怠得一塌糊涂的时候。现在我不会再为哪个"虚度"的下午而内疚了，因为我发现，有时候放空就是最好的充电。

@维策Winter：泉哥，我是一个80后电焊工，我已经无法面对曾经那个厚颜无耻的梦想了，迷茫占据了每一个地方，再也抬不起头了。

泉语：人，就是要在梦想这件事情上"厚颜无耻"。攀不到想去的高度，也不能看低了自己所在的高度。为了谋生而辛劳，没有什么可自卑的；为了谋生而辛劳，也阻拦不了为了梦想而奋斗。

@36度觉悟：在二十几岁的年纪，我们是应该选择自己喜欢的青春生活还是应该选择安逸、收入稳定的生活？

泉语：二十出头是人生最佳的"试错期"，年轻时不错，可能一事无成，倒成了最大的错。

@绯雨渐小仓：现在正处于人生岔路口的我突然感觉找不到方向了。不喜欢的专业，可还得硬着头皮继续了无生趣的生活。是该继续这样浑浑噩噩走既定的路还是……？我感觉自己已没有了那份勇气。

泉语：劝你宁要追求自己喜欢的"庸俗"而清清楚楚；也不要跟随别人教你的"高雅"而浑浑噩噩。

@团团世界：老师，我总是在一些重要的场合就莫名的紧张，自己本来可以做得很好的事情，总是因为紧张而达不到预期。

泉语：太在乎别人怎样看自己、评价自己，就会比较在乎结果，如此反而达不到想要的结果。充分准备、充满自信、享受表达自我的过程，可能会让你在很多"重要"的场合表现得更佳。

@蛋蛋的守候：海泉哥，你说我们总是这么忙忙碌碌到底是为了什么？我似乎有找不到理想的感觉……我还是受现实社会茶毒太深，找不回当年的单纯。我们似乎都屈服给了现实，但内心总有点儿小挣扎，让我放不下，我该怎么做？

泉语：梦想是希望之光，照进现实时却常常变得黯淡无光。没有理想，忙碌终将变得庸碌。不珍视自己的理想，就算拥有了令人艳羡的东西，那种失落感也将会经常在僻静的时刻蹿出来刺痛你，报复你自甘成为一个没有志趣的人。"三俗"而又脱俗，实乃高级境界啊！

@86年的那只兔子：工作累得真不行了，应该继续坚持吗？自己开店不好吗？

泉语：自己创业永远比给人打工艰辛，不管是开小卖铺还是开大商城，都一样累心，所以劝你创业前除了豪情还要细心！

@繁星云海：海泉哥，我想知道，你当初是怎么度过事业的瓶颈期的？怎样才能永远超越自己？

泉语：只有在真空里，才有匀速前进的可能。可是我们的生活就是在走走停停、上上下下中度过的，只有勇气和乐观可以持续不变。瓶颈了就小口喘气，下坡了就吹吹口哨儿看看风景吧。

@王小二moto：被人说情商很低，这能改进吗？

泉语：能读懂别人没说出的话、没表达出的感受，就可能成为情商高的人。一言一行就被看穿的圆滑，一举一动就被解读的世故，不算是高级的情商。

@meirenji138：泉哥，有的时候我会觉得世界怎么会变成这个样子？打开电视相亲节目一个个女生不是拜金就是发嗲；大学毕业每个同学都是家里托人花钱找工作；看个选秀节目本来很为参赛选手的事情感动，隔天却又爆出这些都是假的。我不知道该用什么心态去面对这个世界，从小受真善美教育的我还应该相信吗？

泉语：这位朋友，虽然百态人生里的虚伪世故常叫人无奈，虽然大千世界里的鄙俗丑恶我们无法逃开，但是这些都不是可以放任自己沉沦其中的借口。善良和正义，永远都应该是心底不灭的热情，否则，我们经历的伤痛将永不愈合。即使是贩夫走卒也要有直面人生灰暗的勇气，不容自己自暴自弃成行尸走肉。

@欧阳wyj：感觉自己一直生活在纠结中，现在又对目前的工作出现了可怕的抵触心理，我该怎么办？让我离开这份工作又有些不舍。或许我真的应该离开，去寻求另一片新天地？

泉语：世界上的放弃源于两种：一种是因为勇于革新自我；一种是因为对宝贵的拥有不懂珍惜。做别人眼中的"我"，不如去找心中的"我"。让那个"我"牵着你向明天走，再苦再烦，也是苦中作乐！

@Mushlotte：海泉，我总会在快要进入一个新环境或处理一件从未遇见过的事之前的好几天甚至几周里忐忑不安，有很多担心，可等到那天到来后我又发现自己的担心基本都是多余的。可我仍无法停止对新事物的紧张慌乱甚至迷茫，我该怎么办？

泉语：面对未知人和事儿的忐忑，可能是你小时候总被教育说"小心不认识的人和事儿"的结果。这是一种已成惯性的潜意识，要突破它，只有靠自己。好奇心和求知欲会带给我们许多勇气。

@假装在伦敦：因为缺乏勇气和安全感，我放弃了北京的生活，选择了回家工作。回家之后才发现，这里真的不适合我。在北京，"没有工作经验"几乎可以和"找不到工作"画等号。现在回去，便一无所有；在家工作，又度日如年。怎样才能不再痛苦和迷茫？

泉语：我只能送你羽泉的一句歌词作为勉励了："没有留不下的城市，没有回不去的故乡，我能去的和想去的，会变成同一个地方。"人生如戏，悲喜交加，完美的结局，要靠乐观的人从头入戏。

@海水清泉：上班两个月了，原以为和同学相处一样简单，渐渐发现有的人只是为了一己私利利用我，而我却付出真心。现在看懂了，又不知道每天上班该怎样面对这曾经付出感情的"朋友"？

泉语：别急着去世故，即使身边都是小肚鸡肠的纷扰；适当地隐藏自己，却不要藏得太深，否则最后连自己都找不到了。有时候，现实中的人际关系的确靠刻意经营，但我依然认为：友善、包容、敏感于别人的喜怒哀乐，并乐于伸出援手，最终总会赢得周围人同等的回报。小便宜占尽的人，常常吃大亏！

@南山上爱薇爱nari的小姑娘：毕业季来临了，我现在正在找工作，今年的就业形势不是很好，虽然参加过很多次校园招聘会，虽然网投过很多简历，但都以失败而告终，自信心大受打击啊！什么市级三好学生，什么国家级奖学金，这些看来是没有什么价值的，泉哥给点儿建议吧。

泉语：有的人怕找不到工作就去随大溜儿考研，有的人嫌找到的工作辛苦、薪水低就琢磨着跳槽，刚进社会谋生总有这样那样的困苦，但是这个阶段对于未来的意义恰恰就是锻炼人的隐忍力和坚持力。我们要学逆水而上的鱼，最强的斗志源自逆境。未来风平浪静时，才有资格拥抱真正的淡定与自信。

@火鸡美女的小幸福：我的生活看似美满幸福，实际上却充满矛盾和无奈。有些苦恼只有自己知道。想问问你，什么才是真正的幸福？

泉语：我觉得，幸福就是在你所说的快乐和烦恼之间来回摆荡又不会真的跌倒的那种状态，以及在摇摆的状态中寻找平衡的一种自信。

@杜小硕91：海泉，当站在人生的十字路口，父母和自己的意见十分不统一时怎么办呢？父母希望安稳，国企；我却希望出去闯荡，感受年轻的刺激。

泉语：安稳与冒险，并没有绝对的优劣之分。安稳不代表懦弱，冒险不一定要逞强。闯荡世界不一定要浪迹天涯，心在哪儿，家就在哪儿。心的方向，就是未来的方向。所以，自己要选择什么，和别人的决定无关。

@徐美君0902：快毕业了，面临着择业，纵使心里有各种各样的想法，不想过"找一份稳定工作，然后结婚生子"的平淡生活，却还是走不出那一步。纵使想改变这样的生活不断学习努力，但听多了女孩子青春短暂浪费不起的话语，也就缺少了那份勇气。

泉语：没有哪一种选择是最佳答案，唯有找到适合的、适应的，继而无悔下去的，才是最佳的选择。平凡是一门漫长的修行，让人历经光鲜、洗却铅华依然心满意足。真的不必在乎别人眼中的绚丽，这世界上，绚丽的陷阱超级多。

@郭大靖："即使再小的帆也能远航"，真听哭了。小时候所坚信的现在却不断动摇，小破船要去乘风破浪吗？

泉语：远航，是人生必经之路，千帆相竞，大小不一。所以，再小的帆也要远航。出发时谁不是一叶扁舟呢？关键是出发后于风浪中构建"大帆"的勇气和机遇。另外，船巨如泰坦尼克又怎样？人生之船，不沉才是硬道理。

@甜麦圈的故事：是不是真的蒙上自己的双眼去生活就可以开开心心？

泉语：蒙上双眼，就能逃开现实吗？有时候，我们的确该闭上双眼，忽略眼前的繁复假象，听从自己的内心真知。我还有个秘诀和你分享：过日子很多事儿，可以睁一只眼、闭一只眼，看值得看的，无视其他的，一半清楚，一半糊涂。眼中的世界是怎样的，取决于我们自己如何选择。

@CindyVane：很多人总是瞻前顾后害怕新的开始。怎样才能说服自己放下现在所拥有的，勇敢开始新的生活呢？

泉语："人生之败，非傲即惰"。成功本来只是相对过去而言，却常常给"成功者"带来惯性和束缚。很多失败，源于过去的成功。这位朋友，我们互勉吧。

@Coleybaby：海泉哥哥，大学就要毕业了，我不想从事专业对口的工作，想自己创业。我知道这其中的困难，但还是想坚持自己的想法，我这样做对吗？

泉语：我觉得创业和非创业，没有哪个是一定对的。路不仅靠选，更要靠走。光有憧憬和意志是不够的，还要看清自身，审时度势。俗话说：男怕入错行，女怕嫁错郎。有时候，后悔当初的选择只是最终无奈的借口。经营爱情和事业，热爱是前提，智慧是方法，隐忍生耐力，豁达能持久。

@Amber_光光：将从现在的单位离职了，这期间有去一些单位面试，但最后的结果都不理想。好像一瞬间就丧失了自己所有的信心，这两天一直在想我到底想做什么样的工作，适合做什么样的工作，能做什么样的工作？现在好像连最初的梦想都不记得了。

泉语：的确，年少时，想做的、适合做的和能做的未必都能完美结合。恰恰是这些必经的迷惘和曲折中的重整，才会让人慢慢看懂自己也随之看清未来。假如你今年二十五岁，我可以告诉你，你还有十年可以去完成这个过程。知错就改和将错就错都是很重要的喔，不过要用在适合的时候。

@在一起_elf：胡老师，我从小学一年级就练钢琴，初三因为学业停止了几年。我现在从事的是外贸行业，但是一直都觉得这不是令我享受生活的工作，纯粹是因为生活而工作。最近一直很想做与音乐有关的工作，却不知这条路要怎么走？这种思想每天都困扰着我。胡老师，可以给我指明方向吗？

泉语：爱好和职业不是一回事，职业和事业也未必是一件事。我问你：多年来你一直困惑于职业并非自己的爱好，那么你究竟花了多少时间、多少汗水在自己的爱好上呢？自叹命不由己时，又一秒钟流逝了。"心动不如行动"，很现实地提醒你：有些爱好止于爱好，反而更幸福。

人生 · 友情 · 爱情

@老刘也叫忙忙：怎样克服成长中的孤独感呢？

泉语：孤独，是我们本性里比较可贵的一种感觉。你怕它，它就丑陋；你欣赏它，它就美丽。

@猫胖Ruru：得不到父母祝福的婚姻一定会不幸福吗？门当户对真的很重要吗？

泉语：爱，会犯错。亲情的爱，也难免犯错，却错得可以理解。爱情的错，倒是经常错得可笑而不自知。爱情里，你知己知彼吗？

@二姐的假发：一个人到底能在另一个人的记忆里留存多久？

泉语：心痛的时光总是每秒都很漫长，对于未来的你，忘记一个人和忘不了一个人都没关系。只要你拥有值得拥有的快乐。

@Spurs风 云_爱BoA哒门：人总有暴躁的时候，克制不住的暴躁，无名火三千丈，何处放？

泉语：生活的琐碎本身就是我们最好的修行，北京路上狂堵车时，我也难免骂几句。只要别骂别人，别人也听不到你的骂声，骂骂也无妨。

问泉

@左艺洋：海泉老师，父亲为了给我提供优质的生活条件，常年在外奔波，一年到头在家的时间屈指可数。现在我和父亲形同路人，怎样才可以改变我和父亲的关系呢？

泉语：爱有时成了我们冷漠彼此的借口。别再这样了。不好意思打电话，就每天发短信向爸爸嘘寒问暖吧。珍惜还能够表达爱的每一秒吧！

@三颗石头叠个我：我觉得成熟的标志是你懂得浪费的时间可以用金钱来衡量了，海泉你怎么看？

泉语：不一定吧。从普遍意义来说，没有谁的时间是被浪费的，即使是植物人，他的体内依然循环着新旧交替。所以，我只能承认：懵懂地过活，比较廉价而已。

@撸西西：我和交往了四年多的女友分手大半年了，再没有联系过。其实生活一直都是正常地过着，但我总觉得自己并没有从中走出来。

泉语：你只是不敢或者不甘而已。我们纠结于过去的爱不放手，有时只是因为可怜那个曾经付出很多的自己而已。

@快乐的甜妈：安于现状的痛苦与重新开始的迷茫，自以为最了解自己的人能懂，但是发现那人却最不了解自己，这是不是很可悲？

泉语：不懂你，不是你爱的人的错，你爱他，也要包容他对你的不理解。他爱你就OK了，爱你就会包容让他不懂的你。这还不够吗？

@盘锦小玥玥：泉哥，我现在很迷茫，不知该怎样选择了。和男友相处三个多月了，可我就是没办法喜欢他。我们也不经常联系，家人非逼我和他好。我知道他的家庭很适合我，可我对他就是不来电。怎么办？很纠结！

泉语：这位朋友，不来电的爱情不叫爱情。你凑合着对爱情的需要，它反过来就会糊弄你的幸福。你看着办吧。

@幸福既凯甜：泉哥哥，我有了想死的心！

泉语：抱怨，是一种负能量，会将你推向人生的下坡路。这位朋友，"想死"这种话即使说得容易，也不要轻易出口。它相当于在下坡的路上又狠狠地踹了自己一脚。

@喻平儿-monky：做人是应该直言不讳，还是尽快学着揣着明白装糊涂，学会圆滑？

泉语：这位朋友，只对值得听真话的人说真话，真话才有价值。当然，也要努力不让自己成为只配听假话的人。

@璃_Sue：海泉，你觉得人活着到底是为了自己，还是为了别人？为什么现在的我总觉得，自己的人生是在按父母设定的路线走，活得机械又麻木。

泉语：无权选择自己的路，的确可怜，但你是真的对自己的选择无能为力了吗？别总怪父母逼你做这做那，只怪你自己没有能力去做想做的事情。

@桐花格：胡老师，不快乐时，也要保持微笑吗？

泉语：这位朋友，不快乐还要笑，这种笑又累又难看，还不如不笑。伴装快乐是一种高难度的表演，你做得到吗？除非你的戏太好，可以做到假戏真做。

@叶子的眼泪是透明的717：海泉，外表不漂亮的人，能找到幸福吗？

泉语：关于你的提问，我做个比喻：自负的蝴蝶往往幸福不过看似平凡的飞蛾。这个世界，长得漂亮的人不算多，幸福的人可真不少。

@小兵魏伟：海泉哥，你对低调一词是怎么理解的呢？

泉语：什么是低调？答案可能和什么是高调雷同：想做到别人眼中的低调是另一种高调；不在乎别人眼中的自己如何，也是一种看似低调的高调。这话怎么像绕口令呢。

@黄色_月亮：海泉哥，父母多年来感情不好，我作为儿子却无能为力。他们最近感情危机，我除了对他们说我爱你之外还能做些什么？

泉语：不管是 LOVE 的结晶还是 LOVE-MAKING 的结晶，我们都要感恩给予生命的人。好好爱父母，别试图去左右父母之间的爱。他们有他们爱的自由。

@姚小蒙：我和男朋友分开半年了，后来因为身边发生了一些事情，让我觉得好委屈，他又恰好出现，我们又在一起了。可是我总觉得我们没有未来，即使有爱又能怎样？

泉语：朋友，同一屋檐下避雨的路人，彼此往往充满善意与温情。寻找爱人，应该要找的是沙漠里的同行者，而非屋檐下的避雨人。

@吴是一切：十八岁遇到一个男孩，彼此刚刚有好感他就到日本留学了，至今已三年半多，可还有四年才回来！家里和朋友都在劝我不要等了，他们说最好年龄的我应该有个人在身边才好。

泉语：爱情是箭，时间是弓。张弓的技巧和天赋因人而异，不必和别人去比试。

@末末Vkend：遇到真爱是不是都会有一种曾经在哪里见过的感觉？

泉语：朋友，往往在最有激情的阶段，你会本能地找到很多证明两个人"天生一对"的证据，以佐证你自己失去理智的爱情是清醒而正确的。其实，你们是不是"天生一对"，答案只能交给时间来回答。

@iFeng-默沫：怎样才能保证爱情的保鲜期永远不过？

泉语：爱情不是牛奶，不会因时间变坏；爱情是酒，陈的更香。

@梁贤楚生：年纪渐大的我，是该继续等待爱情到来？还是面对现实，找个人结婚？

泉语：将我写的《哪一站》的最后一句歌词送给你："总有个人在下一站等着你出现，等待陪着你到终点。"

@米格小美：泉哥，你说人应该活得明白点儿还是糊涂点儿？

泉语：关于"人是应该聪明点儿还是应该糊涂点儿"这个问题，已到青年晚期的我认为：聪明不能不自持，糊涂不能不自知；深藏不露的糊涂是聪明，锋芒毕露的聪明是糊涂。大是大非不可糊涂，鸡毛小事不必聪明。

@天真慢慢被磨灭：就在前天，我和一个特别好的朋友闹掰了，心里很难受。我们是一个班的，天天都要见面，天天一起回家。

泉语：世界上有太多东西比面子重要，比如友谊。为了面子，我们可能将失去很多珍贵的缘分和宝贵的机遇。很多"面子"要靠我们不要面子去努力争取啊。

@最爱的承诺：是不是得不到的爱，就不要爱？得不到的人，就不要争？

泉语：得不到的爱，还要去爱，叫"苦爱"；得不到的人，还要去争，叫"惘争"。在"苦爱"和"惘争"里挣扎，看似为爱而煎熬，其实只是在和自己演一出悲剧罢了，观众也只有你自己一人而已。

@丹丹88158783：像你这样优秀的男人认为哪些品质对女人来讲最重要最珍贵，你会选择什么样的人呢？

泉语：我冒着挨板儿砖的风险回答你的问题：懂得什么时候该把大男人当小男孩儿对待的女子比较善于驾驭爱情；懂得什么时候该让小男人满足一下大男子主义的女子比较会掌控局面。

@抱着枕头睡快乐：海泉你好，最近为自己的目标感到迷茫，想给女朋友幸福，也努力让她幸福，却担忧也许随时会失去她。

泉语：你只是因为太年轻，还挣不来太多钱给女友花而已。全世界的男生在你这个年龄大都一样。挣不到太多钱给女友花，就坚持努力，等有钱的时候给老婆花吧。希望，那时候花你钱的人还是她。祝好运！

@逃离有你的世界：海泉哥，今晚，从小学就认识的男同学向我表白，但是我把他一直是当朋友相处的。拒绝又怕伤害他，他却一直说他不在乎，只要一个机会。求指教啊！

泉语：你若不爱，直言最好；你若不忍伤他，说明你有可能爱他。

@90茗茛江：现在的人都有一个虚伪的面具，我们是应该伪装自己？还是表现真实的自我呢？

泉语：带面具表演不一定就是虚伪。都说人生如戏，你不入戏，自然就觉得尴尬、不自在。还有，懂得选择观众的表演者最聪明，因为，他可以演得自在，观众也能看得痛快。

@一休的邻居：泉哥，人生得失我怎么一直翻不过？您有没有什么高招？虽然嘴上说得失可以一笑而过，但心里却很纠结。

泉语：得失心和功利心不是我们的错。修炼心境并不是要将它们消灭，而是坦然看待并跨越它们，继而去追寻更值得持久追寻的目标。

@木小狸：青春如何花在刀刃上？是随性？是对自己苛求？还是要做一些以后做不了的事？

泉语：对一切未知发问，尝试从未经历的事物，我认为这是青春该有的历练。困倦、彷徨、麻木，仅仅因为忘了去做上面的两件事情。我觉得自己还很青春的原因正是如此。

@矛盾体zzZZ：对于友情，时间长了，感觉淡了，用什么办法能找回当初？比如你和羽凡哥的关系，这么多年，你是怎么处理的呢？

泉语：羽泉的合作心得：看别人的优点，容别人与己不同之处，是合作力的关键。

@Love-life赖杜清：老被人在背后捅一刀，在一起总是喜欢说三道四，可是我对她们是多么的深信不疑啊。太多太多事，好烦好烦！

泉语：要变得强大，首先要豁达。不值得交的朋友，放她去吧。不过同时也要反思一下，你是不是她们值得真心付出友谊的人？

@乔正雅：请问我们分手了该怎么办？

泉语：分手了，回首和收手都不可，唯有伸出手，继续向前走，直到握紧又一只手。

@-钮钴禄氏-：人为什么都习惯按阶段给自己规划人生呢？难道不按既定的套路来，人生就不完整吗？

泉语：你说得太片面了。没有一个人的路可以被预制好。一路走，一路未知，一路波折，一路变幻的风景，才是最完满的人生吧。

@嘉卉or：泉哥，为什么我们不能只为自己活？

泉语：人不能只为自己活的原因是：你不能只靠自己就活得漂亮，活得完美。我觉得真正的快乐，来自我们与身边世界，与他人的合作互动。

@汐玉谙：海泉哥，作为一个女生，太要强到底好不好呢？我很纠结啊。

泉语：我觉得不仅男儿当自强，女儿在现代也一定要自强。强大的气场不是要你强横、跋扈，女人的柔中带刚，是智慧，也是征服一切的力量。

@静然_周静：在现实面前，为什么曾经觉得可交一世的友谊就那么不堪一击呢？

泉语：别太关心友谊的寿命，多享受友谊的质量。友谊不是钻石，纯度、净度越高就越有价值。友谊里最重要的情商之一，就是宽容对方的自私。要求朋友对自己的绝对无私，反而显出你的自私了。

@沈岱琪：请问泉哥，如果伴侣回到家，不管白天黑夜，都把手机调到无声状态，这种状况怎么处理好？

泉语：这位女生，问题好像出在你的猜忌上。与其猜来猜去，不如直言不讳。两个人之间少于沟通，是感情危机的征兆。

@我想要变成LittleSunshine：见不得朋友比自己好，在各个方面，总觉得自己凭什么比他们差？不能真心诚意地祝福朋友。

泉语：嫉妒虽是人类本性之一，但任其滋长，只能证明你的不自信。把眼睛聚焦在完善自己身上吧。不卑不亢，不骄不躁；莫做愚者自扰，心向智者从容。

@卢涛civo：泉哥，一直都在默默地关注你。最近一个月里我的心情糟糕透了！虽然我一直都在努力调节，可是依然觉得活着可没意思了。

泉语：敬畏自己对于这个世界的存在，是一种最基本的道德和法则。轻易就说出活着没意思的话，可能还是因为不懂感恩自己已经拥有的。

@比安日记：海泉哥，长话短说。因为三年前的一个错误，家人和我一直生活在这个致命错误的阴影里。有些错真的无法弥补，我不知道该怎样走下去，觉得活着真的好累。

泉语：坦然面对结果，不必逃避恶果。坚信一切的苦会换来宝贵的甜。

@还剩下些–什么：是不是一件东西你追的时间越久，在得到时就越落寞。为什么曾经那么希望得到的东西，在昨天终于得到时，却是莫名的伤悲。有些东西，是不是得不到才是最好的？

泉语：我们人类就是有此通病，欲望满足不了就痛苦，满足了就无聊。

@心中尚未崩坏的你：人生到底是为了自己的自由而活，还是为了回报他人而活呢？

泉语：朋友，不用我回答你。答案已经在你自己的文字里了，而且我也感受得到你的坚定。能问此问题，就证明你绝对不会是混沌度日、荒废人生的人。就这样继续吧，做个懂得敬畏又无所畏惧的人。

@成长的滋味419：尽管我们现在很喜欢"问泉"，但"问泉"终会在某一天结束，你怎么看待生活中一些事物的结束与消失？

泉语：连我们居住的这颗行星的生死都是宇宙的一瞬而已，又有什么能保持一直都存在？劝大家没事时多读读宇宙史，人会变得豁达很多。

@糖堆儿_小七爷：我是同性恋，一边是父母的逼婚，一边是女友的坚持。泉哥我不知道应该怎么办？

泉语：据你的说法，你和女友应该是一对儿"蕾丝边"。如果你由衷地爱她，也确信自己的性取向不是赶时髦的试验，你当然不能去和一个不爱的男人结婚。为了家人的面子伤害三个人，最后也会伤害家人。不如勇敢地告诉父母你不结婚的真正缘由。实话虽伤人，但是早伤会早愈合。爱你的人，终会包容。

@熹熹小事儿：我最好的朋友为了她的男朋友离开了我，我决定放弃那个我努力了很久却还是对我忽冷忽热的男生。"十一"假期寝室所有的人都走了，只剩下我一个人，突然觉得好孤单好想哭。我一直单曲循环《一个像夏天一个像秋天》。

泉语：成长的烦恼中，孤独的煎熬和爱情的迷茫是两门必修课，很久以后，你会怀念这些课上的时光。那时候，青春的伤，可能变成了很多心病的药，羡慕此刻的你。

@YQ-農歷柒月壹拾壹：有问题却难以说出口。因为她也有微博，已经知道不可能，但是我还是放不了手。忘还是记？

泉语：有些人，不必忘记，可以偶尔淡淡地怀念；有些爱，不必忘记，但要学会慢慢地释然。

@信天翁-PandaLiu：都说"女追男隔层纱"——可是，我怕，怕被拒绝，怕连朋友也做不成，更怕被笑话。讨厌胆怯的自己，却又不敢突破。

泉语：我还是那句话：你都爱他了，还怕他作甚？

@你亲爱的小妞妞：海泉，成长中的伤痛怎么减轻？

泉语：成长中的伤，靠成长本身来愈合。

@依娃2011：一段似是而非的感情，使我不再那么轻易地相信别人！工作中的自己与感情中的自己简直就是两个人。工作中的自己能够掌控全局，感情中的自己怎么如此脆弱？一直傻傻地不相信我们之间不存在爱情，依然每天打他的电话、关注他的空间与微博！偶然的回复，会让我高兴很久，我还可以一直等他吗？

泉语：两颗心的共鸣就像两个音符的和弦，不仅要共振，还要和谐，才称得上是美丽的和弦。这位朋友，你的苦恋在我看来，是并没有找到另一个适合与你同奏的音符。就算再执着，也难奏出动听的和音。放弃他吧，忍住那不舍的痛，去迎你值得的那一个。

↑ 2014 年 3 月在美国阿拉斯加雪山

@前世樱花梦：泉哥，因为我是女孩子，生下来就被亲生父母抛弃了，现在长大了，可是再也不敢把心打开了。我该怎么办？不知道为什么活着，要怎么活下去？

泉语：活了这么大并且活得好好的，就一定要感恩，也要感谢你自己。活着，就应该越活越有样儿，越活越有劲儿！

@缲尛绊711：和男朋友认识快十年了，异地恋快四年了，我们之间的信任足够牢靠。尽管如此，我能把自己一辈子幸福的赌注都压在他身上吗？

泉语：爱情没有保险和保鲜的办法。每一天，我们自己都在成长和改变之中，另一个人也一样。所以，同步更新两个人的价值观和人生观很重要。

@YQ-農歷柒月壹拾壹：握在手里的如果失去，是尽力挽回还是随它去？

泉语：其实你手里本来也没有握着什么。当下的幸福，何必一定求个永久拥有。其实生命比我们以为的要短暂得多。纠结于得失，不如享受得了又失、失而又得的过程。这个过程，才是最宝贵的人生。

@宇宙无敌宇宁张：泉哥，等爱本来就是需要时间的，可是到底需要等多久？如何充实自己的内心才可以战胜心中最大的孤单？之前你一个人独自在北京闯荡的那些年，是如何面对自己内心的？我是怕，所以想找人陪着扛，到最后发现还是得靠自己。

泉语：真正的爱情是两个人的孤独变成一种孤独，真正的爱情会让人更孤独。我们在世界上存在，说到底还是要靠自己。有人被爱或有人去爱，说白了还是一件孤独的事情。爱会历练出面对孤独的勇气和智慧。

@王大头仔：海泉哥，今天经历了一场骂战，听到了我从来不曾想到会用来形容我的词汇，心里很难过。

泉语：不必理会阴暗的恶言秽语，把眼睛望向光明，为完全不值得的人浪费时间与口舌，就等于慢性自杀。

@木言27：生存与生活，在很多时候总是矛盾着，在选择一些的时候，总会失去一些，就像我爱的和爱我的，怎么选择呢？

泉语：爱情历史里，没有最好的，只有当下最真诚的，只有最适合自己的。

@_-Nirvana：喜欢上一个人不容易，可是不敢表白，因为怕他会嘲笑我幼稚，因为他比我大九岁。我怕他不接受，遭拒之后太尴尬，我该怎么办？

泉语：这位朋友，劝你还是先读懂对方的真正心思之后再表白吧。《非诚勿扰》里的求爱成功率够低的了，生活比电视节目更现实，别怪我实话实说。

@竹海雪窝：海泉哥，心里难受却哭不出来怎么办？

泉语：有些难过是无泪的，有些忧伤是隐约的。人心如明月，有圆自有缺。不快乐的感觉不是感冒流的鼻涕，擤一下就不见了。只要清楚阴霾总是暂时的就好！

@桐花格：海泉哥，你说，思念一个城市久了，心会不会漂泊？

泉语：思念一个城市，其实是心底里思念一个人，或者是怀念曾身处那个城市的自己。被思念放逐的人，等于放逐了对未来的期许，即使没有浪迹天涯，也一样漂泊不定。愿被思念放逐的人，都有机会找回真爱。

@夏天的瓜瓜：是否相信善有善报？为什么我周围的人没做过坏事，却还历经苦难？

泉语：苦是常态，为生计奔波而上下求索，不可悲，也不可怜。我虽不信神佛，却信善有善报。若行些小善，就图大报，岂不荒唐？

@慕尼黑的雪顶之恋：
面对自身的一点儿缺陷，
如何才能让自己变得坦然
和乐观？

泉语：原谅自己是一种智慧，苦行自
己是一种修行。两件事其实并不冲突。

@煎饼肠姑娘：海泉大
叔，你怎么看下面这段
话呀？"不保留的，才
叫青春；不解释的，才
叫从容；不放手的，才
叫真爱；不完美的，才
叫人生。"

泉语：这位朋友，既然你叫我一声"大
叔"，我就老练地回复你：真青春，要
有所保留；真从容，不代表可以深沉；
懂得放手，才能呵护真爱。只有一句话
你说得对，不完美的，才叫人生。

@Mona小迷糊：如何战
胜内心的恐惧？

泉语：恐惧为何？大多恐惧来自内心
对未来的不确定和对自身的不信任。
你属于哪种？太在乎结果，结果未必
如愿；太在乎得失，得失都不满足。
试试随心而动。灵感是水，握不住的，
只有沉浸其中，方得美妙。

读书 · 功课 · 追求

@Annie_期待亚伦给爱丽丝的奇迹：我现在读高二，你有暗恋过人吗？该怎样调整自己的心态？

泉语：我高中时也和你一样暗恋别人，应该也影响过学业吧。失败的是：我既没表白过，又用了不少心智，实在得不偿失。

@噬魂工匠：海泉哥哥你好，我今年大二了，马上大三，我是应该去社会上找一些工作来干还是再多学些知识？

泉语：三十岁之前饿不着的情况下，工作也是为了学习，中国人总认为只有看书才是学习，太片面啦！技能、经验、人脉、社交力、创新精神，对你通通有用！

@可惜不是你－乐乐：我刚高考结束，我想问万一高考失败，成绩太差，该怎么办呢？

泉语：我自己二十年前高考的惨败，到今天还是我最宝贵的经历和财富，别怕，你才刚刚上路。

@YQ皓辰：泉哥，上大学两年了，可是大部分时间都花在了社团上，到头来什么也没得到，得到的却是心寒。为此也耽误了学习，我该怎么看这件事？

泉语：花在学生社团的精力可能是你学生时代最宝贵的财富，只不过不能马上看出价值。你学到的合作力将是你真正的人生财富，别急！

@挚羽爱泉-执著：偶尔躺下有点儿小失眠，睡不着，怎么解决？

泉语：找本有用却无趣的书来看，解决失眠又不浪费时间。

@Summer_Heart：海泉哥，开学就大四了，面对考研，很有压力，也很迷茫，没有明确的动力坚持下去，也不太清楚自己想要的生活，能给些建议吗？

泉语：做真正了解自己的人，做善于与自己内心对话的人，做清楚自己将为何而奋斗的人，你就不会再问我这样的问题了。

@Ceekiy-张斯琪：不管我怎么努力，哪怕拼尽自己的全力，我还是那个差的。升学压力下，我没有斗志昂扬，只有一份恐慌和迷惘。

泉语：尺有所长，寸有所短，看己长处，精专它，当你某一点不是一般的长，短也就变成别人眼中可爱的个性而已。世界很势力，也很包容。

@闭上眼浮现你们的素颜：海泉，我开学就初二了。这个假期过得特别压抑，特别累。我是练体育的。

泉语：初二年级很多的勤苦不会马上见到回报的呀！不过，劝你开始思考自己最想做的事是什么、最擅长做的事是什么。独立思考开始得越早，你的勤奋也就有了目标！

@Gerald_V：现在学习的压力很大，一直很迷惑，究竟是读书累还是工作累？

泉语：人生没有不累的事，但要累得充实，累得幸福。

@柴艳茹：海泉哥，我是一名大四的法学学生，今年重要的考试是国家司法考试。每个同学都在努力，其实我不知道自己为什么在坚持，却仍然这样坚持到了现在。可是静下来时，我从来不知道自己心里到底想做什么，也不知道未来到底想怎样，心里还是很迷茫。

泉语：你的迷茫我理解。有时候我们就像一辆行驶在高速公路上的车，被封闭的道路限定了方向；被前后车的距离锁定了速度，身不由己。即使如此，我们还是可以在被动的环境中找到自己独立的状态与心态。奋斗，隐忍，坚持不懈，为驶离高速公路后的自由天地储备动力。这个比喻你一定懂的。

问泉

@潘潘书雅：每天过得没有激情，浑浑噩噩，已经大二了。我不知道自己究竟想要成为什么样的人，或是想了却没有胆量去做。混大学很容易，真的。但是我知道这绝对不是我辛辛苦苦从村里挣扎考上大学的目的。但是我真的不知道自己该怎么做。想过理想的生活，叩问自己却不知道自己的理想是什么。

泉语：你问"理想"是什么？我的浓缩版答案就是：超越对金钱物质的渴望、能令心灵愉悦心理满足的目标。这位朋友，如果你认同我的说法，请自行寻找摆脱无聊和苦恼的出路，因为想要找到这条路，只能靠自己。

@_小白兔兔兔：炮哥，你觉得在大学里奖学金评优什么的重要还是人际关系重要？

泉语：我觉得你说的两件事都不一定重要。交知心朋友，谈真心恋爱，读真爱的书籍，比较重要。

@苍穹散人LCQ：从小到大，什么事情我都喜欢顺其自然，自己不愿选择。复习功课，报考志愿，不管多大的事似乎全都凭我一时的想法。可是现在考不考研我不得不认真考虑了——原本我是铁了心不再考研，可是有些事在慢慢地改变我的想法，真不知道该怎么选择。

泉语：好多考试都不是人生里真正的考试，选择参不参加、参加什么考试，反而才是最重要的考试。别嫌我说得拗口。走哪条路，怎样走，要靠独立而缜密的分析与判断，切勿随波逐流，人云亦云！

@风雨情_1993：旅行的真正意义是什么？

泉语：看大千世界，解心中烦忧。旅行的意义，在我看来，是经历了不常见的人和风景之后，更清楚该做个怎样的自己。

@Cassie_Chopin：其实我最好奇的是在对本专业不感兴趣的情况下你的四年大学是咋过的？这对我来说真算一个事关重大纠缠不清的问题。

泉语：对自己所学的专业不感兴趣不代表不愿意接受知识，我现在太多经营运作的能力得益于所学的专业。所以没有学习的不是，学了总比不学强！

问泉何处来，问泉何处去

——写给自己与看客

对自己发问，是从很小的时候开始的。问在心里，寻思在心里，答也在心里。所以，身外的世界是无从知晓的。问和答，变成了陪伴自己长大的一种习惯。那些睡不着的时刻，那些看似放空发呆的时光，心里的问答相当不着边际也相当无厘头地存在着。回想七八岁时的我，时常在自家的小阳台上对着星空静默，家人哪里知道，其实那时我正在和自己所属的那颗看不到的星球对话。儿时的我不认为自己属于真实所在的这个世界，即使到今天，我也偶尔会有那种对眼前的一切突然陌生到底的瞬间的茫然。那个瞬间，身边都市的楼宇、车流人海等等自己能感知的所有物质都变得奇怪和不可理喻，仿佛一只穿行在宇宙间的精灵突然闪落到人世间，那种恍惚不可言明，于是许多问与答就无限蔓延开来。

少年时，前人精辟的哲学论著读得少，无处寻觅有关生命终极疑问的答案。于是找到一个可以自我安慰的解释，将前述的那种虚无感统称为"宇宙孤独感"。这个词是当时的我自己发明的，如果与其他前人的说法有雷同，纯属巧合。伴着这种时不时就闪出来的"宇宙孤独感"，也伴着学校里学到的越来越多的文学、历史、地理、物理等前人累积出来的知识，青春期的时光里开始铸就两个截然不同的我：一个是继续在心灵世界天马行空求解终极谜题的"外星人"；一个是急于对现实生活有更多了解和理解的入世的"地球人"。这两个我有点儿像林语堂先生在《中国人》里说的，既是出世的道家，也是入世的儒家。少不经事的我哪里懂得什么是道家、什么是儒家，更分不清什么顺境向儒、逆境向道的心境。只是越来越习惯同时存在的两个不同的自己：一个爱动也爱静的自己；一个喜欢热闹也向往独行的自己；一个常讲荤段子也常写朦胧诗的自己。因为深知了自己，于是自己成为了自己的知己。

今天的社会里，不知己，也属常事儿。沉浸在现实社会的人际关系和责任中，沉迷在琐碎生活的欲求不满和忧患里，常常会变得不知自己——不知自己是谁，不知自己在哪儿，不知自己需要什么。甚至不再关心自己……做不成自己的知己，其实挺可怜、挺可悲也挺可怕的。悲喜被身外的人和事所摆布；忙忙碌碌也无法掩饰庸庸碌碌；找不到逻辑却还要为自己的言行辩解；找不到节奏却还要继续与同行者残酷地竞走。每每突然意识到某段日子里可能陌生了知己的自己，我都会恐慌，怕白费了所付出的努力、怕荒废了所投入的时间。更担心失去自己人生的逻辑和节奏，变得任人摆布、随波逐流。任人摆布和随波逐流的人生在我看来是失败的人生，即使看似光鲜亮丽或自觉满载收获那也等同于失败。

我一直觉得，写作，首先要写给自己。我的很多文字是那个在无语中自问自答的自己下意识留下的笔录。当然，我也会希望把这些"笔录"分享给他人去看。作为地球人，证明自己存在感的首选方式是沟通与分享，寻觅人生满足感的关键是思想结晶被更多人认同。要不，我们还要文学干什么？心学和玄学所能带来的存在感和满足感实在是缺斤少两。

于是，有了这本对于文学品位来讲尚缺乏推敲斟酌的作品集。这本作品集，大多是只言片语，不成系统。没有统一的主题和内在逻辑。想到哪儿，写到哪儿。问到哪儿，答到哪儿。所以，看客且做看客，别要求太多阅读的快感或贪图发现陌生的天地。我思想深度有限，格物不求甚解，所以，也没对自己有高规格的文学要求。如果说大家可以从文格猜人格、从文品测人品的话，那么从这本集子里，倒是可以对我这个人有更多一些的理解。在这里，你既会遇见那个随遇而安、知难而退的我，也会遇见另一个心思缜密、入世进取的我。

我想，自己将在求解关于生命的终极问答中永远继续下去……

永远是……？是的，永远。

我这个宇宙中偶然而渺小又转瞬即逝的生命只是"永远"这个词汇的一个纳米级别的占比。现实世界的生老病死、真实人生的喜怒哀乐，既给了我寻找答案的线索，也成了我寻觅真理的羁绊。不过，这太正常不过了，没什么可窃喜或沮丧的。在变幻无常的人生里找到生命的存在感才是收获，在起伏颠簸的路途中结识真正的知己才最满足。

古文里，我最爱"不以物喜，不以己悲"这一句，看了以上这些文字，朋友你会懂得这是为什么。

俗话中，我最常念的是"人生之败，非傲即惰"。说实话，对于混沌的世界，我有些傲；而对于文学来说，我实在是惰得惭愧啊！

2014 年 1 月 1 日
凌晨 4:50
于新加坡

图书在版编目（CIP）数据

问泉:海泉散文随笔集/胡海泉著.—北京:人民文学出版社,2014
ISBN 978-7-02-010284-6

Ⅰ.①问… Ⅱ.①胡… Ⅲ.①散文集—中国—当代②随笔—作品集—中国—当代 Ⅳ.①I267

中国版本图书馆 CIP 数据核字（2014）第 034665 号

责任编辑　宋　强　胡玉萍
　　　　　涂俊杰
责任印制　苏文强

出版发行　人民文学出版社
社　　址　北京市朝内大街 166 号
邮政编码　100705
网　　址　http:// www. rw-cn. com

印　　刷　北京千鹤印刷有限公司
经　　销　全国新华书店等

字　　数　100 千字
开　　本　880 毫米×1230 毫米　1/32
印　　张　6.25
印　　数　1—35000
版　　次　2014 年 4 月北京第 1 版
印　　次　2014 年 4 月第 1 次印刷

书　　号　978-7-02-010284-6
定　　价　36.00 元

如有印装质量问题,请与本社图书销售中心调换。电话:01065233595